「カタリーナ……」
吐息混じりに名を呼ぶと、
ジェラールは、そそり勃つ雄芯を
カタリーナの中心に宛てがい、ゆっくりと身を沈めた。
熱い塊が、濡れた入り口をぐっと押し拡げるのを感じる。

腹黒貴公子の甘い策略

蜜乃 雫

Vanilla文庫

目次

腹黒貴公子の甘い策略

イラスト／敷城こなつ

プロローグ

間近で見ると、想像していたよりも随分大きくて、カタリーナは小さく息をのんだ。

表面は赤みがかった焦げ茶色で、鈍色に艶めいており、わずかに脈打っているのが見てとれる。

「触ってみますか」

いたずらめかした、それでいて試すような声で、男が問う。

「いいの――？」

こわごわと、カタリーナは手を伸ばした。

指先が触れた途端、それはびくんと震えて硬くなり、カタリーナは思わず手を引っ込める。

「大丈夫。怖がらないで、もう一度――」

男はカタリーナの手首を摑み、もう一度触れるよう促した。

恐る恐る、カタリーナは指先で触れる。

「あ……っ」

想像していたよりも、熱い。

「もっと、しっかり触ってみて」

声をひそめた男の声は少しかすれていて、一言発するごとにカタリーナの耳朶に息がかかる。

カタリーナはくすぐったさに首をすくめながらも、言われるがままに指を伸ばし、手のひら全体で覆《おお》うように当ててみた。

「――っ……！」

滑らかそうな見た目に反し、触ってみるとそれはごつごつと骨ばっており、じっとりと汗ばみながら逞《たくま》しく脈打っているのが、肌で直に感じられた。

「いかがです？」

「とても熱いのね。――それに、硬いわ」

カタリーナは感じたままを素直に答えた。

「緊張しているからでしょうね」

男が小さく笑うので、カタリーナは意外そうに目を丸めて見上げる。

「ルシファーも緊張しているの？」

すると、優しさをたたえた琥珀《こはく》の瞳が、柔らかく細められた。

まるでカタリーナの言葉を肯定するかのように。

その途端、カタリーナから余分な力がわずかに抜けた。

「緊張しているのは、私だけかと思っていたけれど――あなたもなのね、ルシファー」

そう思うと愛おしくなって、それまで抱いていた恐怖がやわらぐ。

カタリーナは、もう少し力をこめて、それを撫で上げた。

途端にルシファーが気持ち良さそうに目を細めて顎を反らしたのが見えて、カタリーナは嬉しくなる。

ゆっくりと、何度か撫でていると、耳元で男が囁《ささや》いた。

「もう少し力を入れて、強くさすってみてください」

「はい」

「爪をたてないよう、気をつけて」

「はい」

カタリーナは言われたとおり、爪をたてないよう気をつけながらさする。

「――そろそろいいでしょう」

ずっと撫でていたカタリーナの手首を掴むと、男は酷薄な笑みを浮かべて言った。

「さあ、乗ってみて」

「えっ」

思いもよらぬことを言われ、カタリーナはとっさに男を見上げる。

「乗るって……私が、ルシファーに――？」

「ええ、もちろん」

男はさも当然とばかりに頷くが、カタリーナは躊躇《ちゅうちょ》してしまう。

「でも今日は、触るだけって……」

「それだけじゃ足りないでしょう？　あなただって、これで終わりでは物足りないのではないですか？」

「そ、それは確かにそうだけど――」

図星を指されて口ごもるカタリーナを、男が満足げに口角を上げて見下ろす。

「ほら。――乗ってみて」

「でも、私――そんなの無理よ」

「大丈夫。手伝ってあげますよ」

そう言うやいなや、男はカタリーナの腰を掴むと、軽々と抱き上げた。

「きゃっ！」

小さく悲鳴をあげると、ルシファーがびくんと震えたので、カタリーナは慌てて口をつぐむ。

「怖がらないで。――ほら、もっと足を開いてください」

「こ、こう――？」

カタリーナは思い切って足を広げ、勇気を出してルシファーに跨《また》った。

「そう。上手ですよ」

どく、どく、と太腿にもルシファーの熱や鼓動が生々しいほど感じられて、カタリーナの緊張はますます高まる。

「そんなに緊張しなくてもいいのですよ。――ほら、力を抜いて」

カタリーナの背後から、男が腰に手を回した。

「そんな、無理、言わないで……」

未知なる恐怖と緊張で、力を抜くどころかカタリーナの身体は強張るばかりだ。

「困りましたね」

さほど困ってなさそうな口ぶりでため息をついて、

「これなら、どうです？」

男はカタリーナの耳を舐めた。

「ひゃぁんっ！」

「ふっ。あなたはここが感じるのですね。――ほら、少し力が抜けたでしょう」

男は笑いを含んだ声で囁く。

「さあ、動いてください」

「ど、どうやって――」

たじろぐカタリーナに、男はしれっとした口調で答える。

「そこは自分で考えるものですよ」

「で、でも、初めてだし、私、うまくできるかどうか――」

「大丈夫。僕が支えていますから」

男がカタリーナの腰を両脇からしっかりと摑む。

カタリーナが意を決して身じろぎすると、突如、ルシファーがぶるんと身体を振ったものだから、

「ああぁっ！」

下から突き上げられるように、カタリーナの身体全体が上下に大きく揺れた。

「おっと、危ない」

バランスを崩しかけたカタリーナを、男が後ろからがっちりと支えた。

「やっぱり私には無理よ……」

涙目になって振り返ると、すかさず額に唇が押し当てられる。

「――っ！」

柔らかな感触に驚いていると、次は唇を塞がれた。

ちゅっと音をたてて離れ、角度を変えてまた口づけられる。

「ふ、ぅんん――」

思わず声が漏れ、半開きになったカタリーナの唇を、男の舌が割り入った。

「んっ、こんなとこで、やっ――」

「ふっ――。こんなとこじゃなかったら、別にいいんだ」

「そういうわけじゃ――ぁっ、ふ、ぅんん……」

馬上の雰囲気が甘くなった気配に気づいたのだろう、栗毛の馬が、ぶるるんと不快そうに身体を揺すった。

「きゃぁっ！」

再びバランスを崩したカタリーナだが、男が腰に腕を回して支えてくれる。

「そう怒るなって、ルシファー。さあ、出発だ」

なだめるように愛馬ルシファーの背中を軽く撫でると、男は優しく手綱を引いた。

ルシファーはふるるんと鼻を鳴らし、歩き出す。

「しっかり摑まっていてくださいね、カタリーナ」

言われなくても、馬に乗るのが初めてのカタリーナは、振り落とされないよう必死で手綱にしがみついている。

「あと――さっきの続きは後でちゃんとしてあげますから。それまで我慢していてくださいね」

「さっきの続き――?」

何のことかわからず、振り向いて首を傾げたカタリーナだが、男が妖艶な笑みを浮かべながら思わせぶりに唇を舐めるので、たちまち顔が赤らんでくる。

「べ、別に我慢なんか――!」

勢いよく前に向き直ると、背後から、くくくっと笑いを噛み殺す声が聞こえた。

どくどくと胸が大きく跳ねる。

それが初めての乗馬の緊張によるものなのか、後で待っている「続き」を期待してなのか、カタリーナは自分でもわからなくなっていた。

第一章　一目惚れのライラック

カタリーナは、気後れしていた。

弟のフレデリックに付き添われて馬車を降りるなり、目に飛び込んできたのは夜闇に浮かび上がる華やかな色、色、色。目が暗がりに慣れてくると、ブリムの大きな帽子やドレープのたっぷりついたドレスなど、華やかに着飾った貴婦人たちであたりがひしめいているのがわかる。

車寄せからエントランスへと続く長いアプローチにはガス灯が煌々と灯り、紳士淑女たちが鮮やかに照らし出されていた。

「姉さん。そんなカチコチにならなくても大丈夫だってば」

表情を凍りつかせているカタリーナを見て、フレデリックが小さく笑う。

だが、緊張するなというのは無理な話だ。

カタリーナにとって、これが初めての社交界。いわゆる結婚適齢期を過ぎた二十歳になってやっと社交デビューを迎えるとなれば、不安と緊張が交互に押し寄せてくるのも仕方がない。

カタリーナの社交デビューがこれほど遅くなったのには、理由がある。

生まれつき身体が弱いカタリーナは、五年前からグレンザードで療養していたのだ。

グレンザードというのはカタリーナの父であるレミントン伯爵の領地で、この国の南方に位置する。一年を通して気候が温暖で、豊かな自然に恵まれている。澄んだ空気や、開放感溢れる大自然に育まれて、カタリーナの病状はこの五年で見違えるほど回復した。

石畳のアプローチを縁取るように植えられた白薔薇が、姿こそ夜目にはうっすらとしか見えないが、甘く華やかな匂いを放つ。

薔薇の香りを胸いっぱいに吸い込みながら、カタリーナは注意深く石畳を歩いた。――そうでなければ、よろめいてしまいそうだったのだ。

今日のために、父はドレスを新たに誂《あつら》えてくれた。それに合わせて靴も新調したのだが、真珠色の靴はエナメル加工がされており、つま先が尖っていて、それだけでぐんと大人びて見える。童顔を気にしているカタリーナは、この靴を履けば少しでも実年齢に近づける気がして嬉しかったのだが、踵《かかと》の高いピンヒールは履き慣れず、歩きにくいことこの上ない。

グレンザードにいた頃は、身体への負担が極力ないよう心がけて生活していた。もちろん、ヒールの高い靴など履いたことがない。服装だって、コルセットのような身体を締めつけるものも使わず、ゆとりのあるコットンドレスで過ごすことが多かった。

当時は屋敷から出ることもなかったので、それで特に問題もなかった。

だが、王都の舞踏会となれば正装しないわけにはいかない。

今日のカタリーナはコルセットをしっかり締め、淡いライムグリーンの生地に小さな桜貝が細かく縫い付けられたイブニングドレスを着ている。ウエストの切り替えから下はチュールが何枚も重ねられており、さながら妖精の羽のようだ。

ハーフアップに整えられた髪は、毛先がカールしていて、こちらも羽のように軽やかに揺れる。

露《あら》わになった首筋は陶磁のように白く滑らかで、胸元を彩る鈴の形をした青い宝石のペンダントは高貴な輝きを放ち、カタリーナの清楚さを一層引き立てていた。

石畳が敷き詰められたアプローチのあちらこちらで、賑《にぎ》やかな挨拶が交わされているのが漏れ聞こえてくる。

「ライラックの可憐な香りですこと。——ということは、今日が初めてでいらっしゃるの？」

「そうなのですわ、奥様。娘のアンリエッテと申しますの。ほらアンリ、ご挨拶なさい」

「初めまして、アンリエッテ・クーゲルガーでございます」

「初めての舞踏会おめでとう、アンリエッテ。扇子にもライラックをお飾りになって、初々しいわ。貴女のようにお若くて美しいお嬢様なら、すぐに舞踏会の花になるわね」

ふと会話が聞こえてくる方を振り向くと、十代半ばほどの少女が、可憐に頬を染めているのが見えた。母親らしき同伴者は派手な真紅のドレスを纏《まと》っており、少女はドレスも扇子もピンクで揃えている。ピンクの扇子は真っ白な羽で縁取られており、それにもライラックの花飾りがあしらわれていた。

ピンク、羽、ライラック——。いかにも少女らしいアイテムが若い彼女に似合っており、カタリーナには眩《まぶ》しく映る。

（舞踏会デビューといえば普通はあれぐらいの年頃で済ませるものなのに、自分は……）

「ねえ、フレデリック。これ——外すわけにはいかないのかしら」

ライラックの花の髪飾りを手で触れながら、カタリーナは呟《つぶや》いた。

「それは無理だよ、姉さん」

二つ年下のフレデリックが、一笑に付す。

この国では、初めて舞踏会に出る時はライラックの花の髪飾りをつけるのが習わしだ。

カタリーナはなんの疑いも持たず、慣例に則《のっと》って薄紫のライラックの小花を束にした髪飾りをつけてきた。

だが、その花飾りをつけているのは十代半ばの若い少女ばかり。

二十歳の自分が身につけているのは恥ずかしくて、カタリーナは落ち着かない。

「大丈夫。姉さんは十五、六ぐらいにしか見えないよ」

「私、そんなに子どもっぽいということ……？」

弟なりに慰めてくれたつもりなのだろうが、フレデリックの言葉は、カタリーナを余計に落ち込ませるだけだった。


「やあ、フレデリック」

「はっ。エルガー様」

カタリーナよりも少し年上だろうか、金髪の青年がフレデリックの肩を背後から軽々しく叩いた。振り返るなりフレデリックは背筋を伸ばし、敬礼する。

そのかしこまり具合から察するに、フレデリックの騎士団の上官なのだろう。

「素敵な女性をお連れじゃないか、フレデリック」

長めの前髪をわざとらしい手つきで大げさにかき上げ、男はカタリーナに好奇の目を向けた。目つきといい、仕草といい、粗野でありながら軽薄な印象を受け、カタリーナは笑顔を引きつらせてしまう。

「初めまして、フレデリックの姉のカタリーナでございます。弟がいつもお世話になっております」

弟の上官ならば、失礼なことをして弟の印象を悪くしてはならない。苦手な印象を受けたことは表情に出さないよう気をつけながら、カタリーナは礼を欠くことのないよう、丁寧に挨拶をした。

「エルガー・デジュライトです。よろしく」

片目でウィンクしながら手を差し出されたので、仕方なしにその手に指先をのせて膝を折ると、エルガーはその指をぎゅっと握り、カタリーナの手の甲を親指でなぞる。

「――っ⁉」

瞬時に背筋を寒気が駆け上がり、カタリーナは思わず手を引っ込めた。

そんなカタリーナを、男は胸元から足の先まで、舐め回すような視線でじろじろと見る。やがて男はカタリーナがつけているライラックの髪飾りで目を留めると、口の端をいやらしげに上げた。

「『幻の姫』もついに表舞台にお出まし、か」

「えっ――？」

何か言われた気がするが、周囲の喧騒にかき消されてうまく聞き取れない。聞き返そうとしたカタリーナだが、それよりも先にフレデリックが会話を切り上げた。

「では、エルガー様。後ほど会場で」

「ああ。後で会えるのを楽しみにしているよ。とてもね」

舐めるようなざらついた声に、ぞわりと嫌な予感がしたが、フレデリックが自然な足取りで歩き出したので、カタリーナもそれにならった。

「振り向いちゃダメだよ、姉さん」

フレデリックが耳打ちする。

「エルガー様は、根は悪い人じゃないんだけど、酒と女に少々弱いんだ」

「う、うん」

ところが、数歩ほど進んだところで、エルガーが背後からフレデリックを呼び止める。

「そういえば、フレデリック」

上官を無視するわけにはいかない。フレデリックはかすかにため息をついて、足を止めた。

「なんでしょうか、エルガー様」

「言い忘れていたことがあるんだが」

そう言ってエルガーは嫌味な手つきでフレデリックを手招きする。

「姉さんはここにいて」

フレデリックが声をひそめてカタリーナに耳打ちした。

「え、でも――」

このようなところに一人でいるのは勇気がいる。

かといって、あの上官とまた対面するのは、はっきり言って避けたい。

カタリーナは逡巡《しゅんじゅん》の後、フレデリックの言う通り、このまましばらく待つことにした。

「大丈夫。すぐ戻るから」

こく、と不安そうに頷くカタリーナを見て、フレデリックは心配げな顔をしつつも、上官の元に駆け戻った。


エントランスホールの手前で突っ立っているカタリーナを、人々は邪魔なものを見るかのような目つきでちらりと見やりながら、足早に通り過ぎていく。

一人で心許なく待つカタリーナは、手持ち無沙汰で視線も定まらない。かといってキョロキョロするのも行儀が悪いので、恥ずかしさを堪《こら》えてじっと立っていた。

ふと、石畳の端の方で、真っ白な羽で縁取られたピンクの扇子が落ちているのが見えた。

(これって、さっきの――?)

先ほどの、舞踏会デビューだと言っていた少女が手に持っていた扇子だ。

届けてあげなければ、とカタリーナは、あの母娘を探した。母親の方は、ドレープをふんだんに取り入れた、カーテンのようにごてごてとしたドレスを着ていたと記憶している。

あれほど派手な真紅のドレスなら、近くにいれば一目で見つけられるはずだ。

だが、周囲には見当たらない。

もう会場に入ってしまったのだろうか。

（これだけの人出だもの、見つからないかもしれないわね……）

とはいえ、初めての舞踏会だというのに落とし物をしたとなれば、気の毒だ。

どうにか届けてあげたくて、カタリーナは背伸びして遠くを見はるかし、目を凝らした。

（あ、いたわ――！）

ガス灯の真下で、真紅の布の塊が揺れているのが見える。

その隣には、ピンクの可憐なドレスを着た少女が退屈そうにあくびを嚙み殺していた。

（見つかってよかった）

これでぶじ扇子を渡せそうだ、とカタリーナが安堵したちょうどその時、少女は扇子を落としたことに気づいたようで、慌てたそぶりでキョロキョロとし始めた。

（いけない、早く渡してあげなくっちゃ）

カタリーナは急いで少女の元に行こうと、慌てて大きく一歩を踏み出した。

それがいけなかったのだろう。

「――っ！」

踏み出した方のヒールが石畳の隙間にがっちりと嵌《は》まり、靴が抜けなくなってしまった。

（ど、どうしよう……）

石畳の隙間の幅が、ちょうどヒールの太さとぴったり合致しているようだ。足を小刻みに動かしてみたり、左右に振ってみたりするが、どうやっても抜けない。

(早くこの扇子を渡してあげたいのに――)

せっかくあの少女の姿を見つけたのだ、見失わないうちに早く返してあげたい。

(あなたの扇子はここよ。お願い、私に気づいて――!)

身動きの取れなくなったカタリーナは、少女の方を見つめながら祈りをこめるが、向こうはカタリーナに気づく様子もない。そのうちに、少女もその母親も人波に紛れて見えなくなってしまった。

(ああ、どうしよう、どうすればいいかしら――)

焦りを募《つの》らせながら、なんとか靴が抜けないものかと、ドレスの中で足を動かしている時だった。

「それ、私の扇子よね。どうしてあなたが持っているのかしら」

険のある声がするので顔を上げると、件《くだん》の少女が腕を組んでカタリーナの前に立ちはだかっていた。

「あっ!」

向こうから見つけてくれて良かった、とカタリーナはパッと顔を輝かせる。

カタリーナは笑顔で扇子を差し出したが、どういうわけか相手の少女は腕組みをしたままで、受け取ろうとしない。

「あの……。これ、あなたの扇子ではありませんでしたか？」

なぜ受け取らないのか不思議で、カタリーナは再度少女に向かって扇子を差し出すが、やはり受け取るそぶりを見せない。

「あの……」

そうこうしているうちに、ごてごての真紅のドレスを揺すりながら、母親もやって来た。

「どうかしたの、アンリ？」

母親が甘い声で娘に話しかけると、少女はカタリーナを見下した目つきで顎をそらす。

「私の扇子がね、手に持っていたはずなのに、するりと抜き取られてしまったの。そしたらそこの方がお持ちだったのよ、お母様。これはどういうことなのかしらね」

母親はカタリーナの手にある扇子に目を留めると、口の端を嫌らしく上げ、大仰に背中をのけぞらせる。

そして、芝居掛かった大声で、喚《わめ》くように言った。

「まあ、まあ、まあ！　まったく本当に、どういうことかしらね、これは！」

通りすがりの人々が何事かと立ち止まる。

「あなたの大切な大切な扇子が、知らないうちにするりと抜き取られて、それがこのお嬢さんの手に移動したというのね。それは不思議な魔術ですこと！」

立ち止まった野次馬たちにわざと聞かせるかのように母親が言うと、人々は眉をひそめてカタリーナを見た。

だが、まさか疑われているとはつゆほども思っていないカタリーナは、邪気のない笑顔を浮かべてにっこりと頷く。

「魔術などではございませんわ。そちらに落ちていたのを拾っただけですもの」

途端に野次馬たちの間から失笑が漏れ聞こえたが、カタリーナとしては思ったことを口にしただけなのになぜ笑い声が上がるのかわからない。

嫌味が通じなかったことに鼻白んだのか、母親はただ一言「ああ、そう」とだけ答えると、カタリーナの手から扇子をひったくるように取り上げた。それを娘に手渡すと、カタリーナには礼も言わず、踵《きびす》を返《かえ》す。

「さ、行きますよ、アンリ」

母親が娘の背中に手を当てて、その場から去ろうとするので、野次馬たちは自然と道を空ける。

だが、その中で一人、道を空けずに母娘の行く手を端然《たんぜん》たる立ち姿で遮《さえぎ》る青年がいた。

高い位置の腰から、すらりと伸びた長い脚。ミッドナイトブルーのイブニングコートをさらりと着こなした長身の青年は、夜目にもわかるほど端正な顔立ちをしている。すっと通る高い鼻梁がガス灯の明かりでくっきりと陰影を描く。涼しげな目元から覗《のぞ》く瞳は森の湖のように青く澄んでいて、その双眸《そうぼう》はしっかりとカタリーナを捉えていた。

「よかったですね、カタリーナさん。落とし主が見つかって」

「え――」

一瞬、聞き間違いかと思った。

この青年とは面識がないはずなのに、なぜ自分の名前を知っているのか。

カタリーナは首を傾げて記憶をたどるが、王都に戻ってからまだ半月。家族以外の男性とは誰とも会ったことがないのだから、この青年に見覚えなどあるはずがない。

「これだけ大勢の人がいるのに、落ちている扇子に気がついてもそのまま捨てておく人が大半の中――」

青年がそう言うと、思い当たる節があるのか、野次馬たちはばつが悪そうに目を逸《そ》らす。

「親切にも拾い上げ、落とし主を探して歩き回っていた甲斐あって、ぶじ見つかったのですね。よかったですね」

それまでカタリーナを批判的な目で見ていた人々が、青年の言葉で手のひらを返したように温かい眼差《まなざ》しを向ける。と同時に、対峙していた母娘には厳しい視線が向けられた。

「そ、そうね。拾ってくれてご苦労様」

わなわなと震える拳で真紅のドレスを握りしめながら、屈辱そうに礼を言うと、母親は娘を引き連れて大股でその場を立ち去った。

「なあんだ、落としたのを拾っただけだったのね」

「私ったら、てっきりあの子が扇子欲しさに盗《と》ったのかと――」

「とんだ早とちりだったわね」

周囲の人々のひそひそ声が漏れ聞こえてくる。

(――え、ええっ！)

ここで初めて、カタリーナは自分が濡れ衣を着せられていたことに気がつき、まさかそのような疑いをかけられているとは思いもよらなかったので、狼狽《ろうばい》した。

目の前にいるこの青年がいなければ、恐らく誤解は解かれないまま、社交界初日にしてひどい噂が出回っていたことだろう。

カタリーナは青年を振り向き、小さく頭を下げた。すると青年がはにかんだ笑みを返したので、その優しく柔らかな笑みにカタリーナの胸がとくんと高鳴る。

一件落着したことがわかると、人だかりはたちまち解かれた。

舞踏会は、もう始まっている。

みんな急ぎ足でエントランスに向かいだした。

「あの――ありがとうございました」

あっという間に青年と二人で取り残されて、カタリーナはぺこりと頭を下げる。

「いいえ、これしき」

青年はカタリーナを見つめ、にっこりと笑った。

そうしてカタリーナを見据えたまま、青年はコツ、コツ、と革靴の音を石畳に反響させながら近づいてきて、カタリーナの真正面に立つ。

踵の高い靴を履いているカタリーナだが、それでもなお大きく見上げなければならないほどの長身だ。

見れば見るほど整った顔立ちで、カタリーナはため息が漏れそうになる。

(あら……？)

よく見ると、細く涼しげな目元や、はにかんだ笑い方に見覚えがある気がして、カタリーナは首を傾げた。

どこかで会ったことがある気がするのだが……。

(気のせいよね、きっと)

王都に素敵な男性の知り合いなどいるはずがないのだから。

青年は左右を見回し、誰もいないのを確認すると、口早に囁《ささや》いた。

「失礼しますよ、カタリーナさん。──いえ、カタリーナ」

「えっ」

先ほども思ったが、この青年はなぜ自分の名前を知っているのだろうか。

カタリーナが目を見開いている間に、青年はさっと身を屈《かが》め、足元に跪《ひざまず》く。

(……！)

見目好い青年に足元で跪かれ、動揺しない娘はいない。ましてや、窮地を救ってくれた直後となれば、なおさら。

激しく跳ねる鼓動に戸惑い、カタリーナが息を止めている間に、しゃがみ込んだ青年はドレスの裾の中に素早く手を入れた。そして指先で靴をさぐり当てると、ぐいっと上に引っ張り上げる。

「あっ——！」

石畳に嵌まって微動だにしなかったヒールがあっさり抜けると、男は何食わぬ顔をして立ち上がった。

「あ、ありがとうございます」

慌てて礼を言うカタリーナを、男は無言でじっと見つめる。

その瞳は何か問いたげで。

「あの——何か……？」

黙って見つめられていては落ち着かず、カタリーナは訝《いぶか》しげに問うた。

すると男は、ふいっと目を逸《そ》らした。

「失礼しました。あまりにも美しかったので、つい」

「——っ！」

ストレートな褒め言葉にさっと頬を紅潮させたカタリーナだが、男の視線の先をたどる

と、胸元のペンダントに行き着いた。

（あ、これ――）

今宵、カタリーナの首元には、ブルー・サキライトのペンダントが輝いている。鈴をかたどったペンダントトップは、小粒だが夜の星を集めて煮詰めたような深い輝きを放っていた。

ブルー・サキライトというのは、グレンザードのとある洞窟でしか採れない宝石だ。紫がかった青いクリスタルのような宝石で、ガラスとも石ともつかない不思議な輝きを放ち、光を浴びるとほんのりピンク味を帯びる。

ダイヤモンドよりも稀少性が高く、王族でもなかなか手に入れることはできないと言われている。

（美しいというのは、私じゃなくてブルー・サキライトのことね。……そうよね、私のわけがないわよね）

指でペンダントをそっとつまみ、カタリーナはため息をつく。

「ええ、本当に美しいですわね。夜になると、昼間とはまた違う輝きを見せるのですね。夜に身につけたことがなかったから、私も知りませんでしたわ」

「ふっ――。そうですね、それも美しい」

男は眉尻を柔らかく下げ、改めてブルー・サキライトを見つめた。

「それは、ひょっとして――」

彼が何か言いかけるのと、カタリーナが口を開くのは、同時だった。

「これは、母の形見なんです」

「えっ」

男が必要以上に驚く。

厳密に言えば、これが本当に母の形見なのかどうかはカタリーナにもわからないのだが。

八年前にカタリーナの母が急死した際、カタリーナはショックのあまり数日間寝込んでいたのだが、目を醒ますとこのブルー・サキライトの鈴を握りしめていたのだ。

侍女が、きっと母の持ち物にちがいないと言うので、それをペンダントに加工してもらい、以来、特別な時にだけ身に着けている。

「――そうですか」

心なしか、男の声に失望が滲んでいたが、カタリーナは深く気に留めなかった。

「碧くて美しい……あなたの瞳と同じですね」

「これはグレンザードの海と同じ色なんです。晴れた日の、朝の太陽が昇りきった直後、海一面がちょうどこのような色に輝くのですよ。サキライトというのは、あの地方に古くから伝わる言葉で『朝の光』という意味があるのですって」

「へえ、そうなのですね。サキライトという言葉に朝の光という意味があるのは聞いたことがありましたが、朝の海の色から名付けられているとは知りませんでした」

男が感心したように言う。

「このような光で染められた海というのは、さぞかし美しいのでしょうね。一度この目で見てみたいものです」

「ええ、ぜひそうなさるといいですわ。とても美しいところなのですよ。海だけでなく、森も――」

するとと男は、ふっと表情を緩めて笑った。

「グレンザードが好きなのですね」

「ええ。大好きです」

カタリーナは即答した。

「実は私、最近までグレンザードに住んでいたのです」

「えっ――」

すると相手の男は目を瞠《みは》り、絶句した。

その驚きぶりに、カタリーナこそ内心驚く。

グレンザードは観光名所として名高い。旅行で訪れたことのある人は多いだろうが、確かに、住んでいたとなると珍しいのだろう。

それにしてもそこまで驚くほどのことだろうか。

「つまり、あなたは僕のこと——」

男は何かを言いかけたが、

「おーい！　……ール！」

その時、少し離れたところから声がした。

カタリーナにははっきりと聞こえなかったのだが、どうやら彼が呼ばれたらしい。

「ああ、失礼しました。そろそろ行かなければならないようです」

「ごめんなさい、引き止めてしまいまして。またお会いできるといいですわね」

「え、ええ、そうですね。——では、後ほど」

男は軽く会釈すると、身を翻《ひるがえ》し、颯爽と立ち去った。

イブニングコートの裾が風をはらんでひらりと舞い上がる。

その後ろ姿に見とれ、ぼんやりと眺《なが》めていると、ようやくフレデリックが戻ってきた。

「姉さん、こんなところにいたのか。動かないでって言ったのに——って、姉さん？　どうかした？」

『——では、後ほど』

焦点の合わない目で宙を眺めているカタリーナを見て、フレデリックが訝しむ。

先ほどの男の、最後の言葉が頭の中で何度もリフレインする。

（後ほど、もう一度お会いできるのかしら……）

柔らかな声。心地よい話し方。そして、優しい笑顔。
彼の全てが、カタリーナの胸を高鳴らせる。
もう一度会いたい、もっと話をしてみたい――。
このような感情を抱くのは初めてで、カタリーナは戸惑ってしまう。
「ううん、何でもないわ。さあ、フレデリック。私たちもそろそろ行きましょう」
カタリーナは気を取り直して歩き出した。
もう石畳にヒールを取られないよう、気をつけながら。

第二章　幻のお姫様

艶やかな色のドレスが咲き乱れ、話し声が反響する大広間の片隅で、カタリーナは一人ひっそりと壁際に立ち、身を縮こまらせていた。

シャンデリアの光が散りばめられている大広間では、気品と自信に満ち溢れた紳士淑女たちが談笑している。中央では優雅にダンスを楽しんでいる人たちが花を添えていた。

だがカタリーナの目に留まるのは、色鮮やかな衣装でもなければ、大広間のそこかしこに飾られている異国の珍しい調度品でもなく、そのまた向こうにある真っ白なレースのクロスがかけられた長テーブルだった。正確にいえば、長テーブルに並べられたご馳走の品々だ。

(おいしそう――)

くるみと葡萄の砂糖漬けがシャンデリアのようにキラキラと輝いて見えて、カタリーナはごくりと唾を飲む。

他にも見たことのないような食べ物も多く、カタリーナはそれらに目を奪われていたが、見ると誰も食事に手をつけていない。年頃の娘たちは、食べ物を口にするようなことはなく、細いグラスを指でつまみ、優雅に談笑していた。

自分のように不安げにあたりを見回しているような者もいない。

誰もが堂々とした立ち居振る舞いで、カタリーナは今更ながら自分が場違いなのではと不安になってくる。

（フレデリック、早く戻ってきて……）

頼みの綱の弟は、広間に入るまでは一緒にいたのだが、気がつくとはぐれてしまった。

一人でいるのがこれほど心細いものとは知らず、カタリーナはドレスのチュールをきゅっと握りしめた。


「カタリーナったら、ここにいたのね」

「こんな隅にいないで、もっと目立つところに行きなさいよ」

くすくすと笑いながら周りに集まってきたのは、カタリーナがグレンザードに行く前から親しくしている、旧知の友人たちだった。

見知った顔に、カタリーナは心からほっとする。

「はい、カタリーナ。さっきから全然飲んでいないのではなくて？」

「ありがとう、ミランダ」

その中の一人、ミランダから渡されたグラスには、淡い黄金色の液体に細かい気泡がシュワシュワと湧き出ており、この広間を煌《きら》めかせるシャンデリアのように華やかだった。

ミランダはカタリーナより三つ年下で、名門ラザーフォード公爵の一人娘だ。美貌にも家柄にも恵まれているミランダだが、気取ったところがなく、年は違えども昔からカタリーナとは大の仲良しだ。

「おいしい……」

口の中で泡が弾けて、すっきりと爽やかな後味が広がる。

おいしい飲み物と、気心の知れた友人たちに囲まれて、カタリーナはようやく緊張が解けた。

「もっと中の方にいないと、ダンスに誘ってもらえないわよ」

「いいのよ、私は、ここで……」

「何を言ってるのよ！　あなたは今宵ここにいる誰よりも可愛くて綺麗だわ。これは友達の贔屓目ではなく、本当のことなんだから」

「そんなこと――」

「そんなことあるわ、カタリーナ」

まだ謙遜しようとするカタリーナを、ミランダが肩を叩いて勇気付ける。

「ほら、もっと中に行きましょうよ」

「でも、私――」

ライラックの髪飾りを手で隠すように撫でながら、カタリーナは口ごもる。

「ふふふ。ライラックがとても似合ってるわ、カタリーナ。自信を持って」

友人たちが慰《なぐさ》めてくれるのは素直にありがたかったが、カタリーナはこれを外したくて仕方ない。

というのも、先ほどから、やけに刺々しい視線を感じるのだ。この年でライラックを飾っていることを揶揄《やゆ》されている気がするのは、被害妄想なのだろうか。

「ほら、レミントン伯爵の――」

ふと、誰かが名指しで自分の噂をしているのが聞こえてきて、カタリーナはびくんと肩を震わせた。

「ああ、あれが『幻のお姫様』なのね」

（幻のお姫様――？）

聞こえてきた噂話の意味がわからず首を傾げていると、ミランダが呆れ混じりのため息をついた。

「あなたのことを幻のお姫様って言っている人が、まだいるのね」

見ると、他の友人たちも笑いを堪《こら》えて口元を押さえている。

「幻のお姫様というのは私のこと――？　でも、なぜ私がそのような……」

「ああ、それはね——」

友人が何か説明しかけたその時、突然、大広間がしんと静まり返った。

皆の視線が扉の方に集中しているので、カタリーナもつられてそちらに目を向けると、ちょうど一人の青年が大広間の扉から入ってくるのが見えた。

すらりと伸びた長身。遠目からでもわかる、高い鼻梁に整った目鼻立ち。凛と伸ばした姿勢は美しく、彼の周りだけ空気が清められているかのようだ。

広間にいる女性たちは、年齢問わず誰もが入り口に目を向け、蕩《とろ》けた表情で青年の立ち姿に見入っている。

青年は口元に穏やかな笑みを湛《たた》えたまま、不意にこちらに目を向けた。その視線は黄色い声をあげる娘たちを飛び越え、カタリーナを射抜く。

「あっ——」

青年と目が合った途端、カタリーナは小さく声をあげた。

先ほど石畳のところで助けてくれた、あの彼ではないか。

嵌《は》まっていたヒールを抜いてくれるためとはいえ、自分の足元に跪《ひざまず》かれた時の言いようのない高揚感が蘇り、カタリーナは頬が真っ赤に染まるのが自分でもわかる。

「見て、見て！　ジェラール様よ」

「今宵、ジェラール様がお越しになるという噂は本物だったのね！」

そばにいた友人たちが興奮し、肩を叩き合いながら上ずった声をあげた。

「麗しのジェラール様、今日もお美しいわ――――！」

「一度だけでいい、お手合わせをお願いできないかしら」

「無理に決まってるじゃない。ジェラール様は舞踏会がお嫌いで、どなたとも踊らないのだから」

友人たちが騒いでいるのを聞いて、カタリーナは小さく呟《つぶや》く。

「ふうん、あの方、ジェラール様とおっしゃるのね」

すると友人たちは一斉に振り返り、ぽかんと口を開けた。

「カタリーナ、あなた何を言ってるの？」

「ジェラール様よ？　知ってるでしょう？」

「うーん、ジェラールという名前の男の子なら、一人知っているけれど……」

カタリーナが知っているジェラールとは、弟のフレデリックの親友のジェラール・アーヴォットだ。泣き虫で、いつもカタリーナにくっついて回っていた、二つ年下の男の子。

広間を一瞬で沸かせられるような「麗しのジェラール様」とは大違いである。

「そういえば今日、ジェラールは来ないのかしら」

母親同士の親交が深かったこともあり、昔はよく互いの家を行き来して遊んだものだ。

ひょろりと青白く、顔中そばかすでいっぱいだったあの少年は、今も変わらず泣き虫の甘えん坊なのだろうか。

　幼馴染みのことを思い出し、懐かしんでいるうちにも、人気者の「麗しのジェラール様」は広間の注目を一身に集めながらこちらに向かってやって来る。

「だから彼が、ジェラール様だってば！」

　じれったそうに、友人が肘でカタリーナを小突く。

「そうじゃなくて、私が言っているのは、フレデリックの友達の方のジェラールよ」

「だーかーらー、それがジェラール様のことでしょう？　アーヴォット侯爵のご嫡男の」

「えっ――」

　カタリーナは、手に持っていたグラスを危うく取り落とすところだった。

「騎士団の若き獅子とも言われている注目の出世株で、王太子殿下の覚えもめでたい麗しのジェラール・アーヴォット様よ。あなた、仲良かったでしょう？」

「まさか彼が、あのジェラール――？　嘘でしょう――？」

　カタリーナは顔を上げ、「麗しのジェラール様」を凝視した。

「カタリーナったら。今ごろ気づいたの？」

　ミランダは口元に手を当て、くすくすと笑う。

「だって。だって……」

　カタリーナは口をぱくぱくさせた。

「だってジェラール、全然違うのだもの！」

かつて鼻の頭の周りに散りばめられていたそばかすは綺麗に消えており、ひょろりと細く青白かった身体は、今は衣服越しでさえわかるほど、鍛えられて引き締まっている。

幼馴染みのあのジェラールとは、まるで別人だ。

――と思うが、よくよく見ると、面影がないとも言い切れない。

鋭く理知的な瞳の奥には、あの頃と同じ穏やかな光が秘められており、口角を上げると柔らかな笑顔になるのも幼い頃から変わらない。

カタリーナと視線が絡むと、ジェラールはふっと口元を緩めた。

「ジェラール様があのような表情をされるなんて――」

「いつも難しい顔ばかりなさっている、あのジェラール様が……！」

たちまち、周囲からうっとりとため息が溢れる。

「ジェラール様、こちらにいらっしゃってるのではなくて？」

「幼馴染みの社交界デビューだもの、カタリーナを祝福しにいらしたに違いないわ」

そばにいた友人たちがはしゃぎ声をあげ、カタリーナの脇腹を小突く。

ジェラールが近づくにつれ、
どきん。とく……とく……。

カタリーナの胸の鼓動も大きくなる。

「本当にジェラールだわ――」

カタリーナの呟きに、隣でミランダがクスクス笑っている。

（まさかジェラールがこんなに素敵になってるなんて――）

やがてジェラールは、カタリーナの前まで来ると足を止めた。

全身から放たれる空気が眩しくて、カタリーナは直視できなくて俯《うつむ》いてしまう。

さっきカタリーナが、もっと彼と話がしたいと思ったように。

彼もまた、カタリーナともっと話したいと思ってくれたのだろうか。

「ごきげんよう」

カタリーナの正面に立ったジェラールが、声を発した。

「ご、ごきげ……」

答えかけたカタリーナだが、ハッと気づき、口をつぐむ。

話しかけられているのは、自分ではない。

ジェラールの笑顔は、カタリーナの隣にいるミランダに向けられていた。

「ごきげんよう、ジェラール様」

ジェラールに話しかけられ、ミランダが優雅に答える。

「今日は珍しい友人も来ておりますのよ」

ミランダがカタリーナを指先で示すが、ジェラールはそれには応えず、ミランダの耳のそばに顔を近づけると何やら一言囁く。

　途端にミランダの顔が珊瑚色に染まり、それを見てジェラールは愉《たの》しそうに笑った。

　二人の一連のやりとりに、カタリーナの胸がツキンと疼《うず》く。

（そうよね。私じゃなくて、ミランダに話をしにきたのね）

　カタリーナはがっかりして、肩で小さく息をついた。

「そういえば、カタリーナったらおかしいのですよ」

　思い出し笑いをしながら、ミランダが打ち明けるように言う。

「ジェラール様があまりに男ぶりを上げられたものだから、誰だか気づかなかったのですって」

　ミランダがバラすと、ジェラールは顔をしかめた。

「そうですか。やはり、先ほどは僕だと気づいていなかったのですね」

「あ……」

　ギクリ、とカタリーナは目を逸《そ》らす。

「僕は、一目見てすぐにあなただとわかりましたけどね。あなたはちっとも変わっていませんでしたから」

「ごめんなさい……」

　小さくなって謝るカタリーナに、ジェラールはくすりと笑う。

「グレンザードでの療養生活はいかがでしたか。お身体の具合は、もう良いのですか？」

「ええ。この通り、だいぶ丈夫になったわ」

事実、カタリーナは五年前と比べて随分元気になった。以前は少し歩くだけで息が切れていたのに、今では階段を往復しても平気だ。

グレンザードの水と空気、そして食べ物が、カタリーナに合っていたらしい。

「今日の舞踏会でも、ダンスを踊ってもいいと言われたのよ」

これまでは、ダンスを踊るのは身体に負担がかかるから、と医師に止められていたのだ。

「へえ。もうダンスを踊れるようになったのですね」

ジェラールが意外そうに片眉を上げた。

「ええ。二、三曲程度ならいいと言われたわ」

「そうですか。でも、あなたは昔からすぐに無理をするから心配です。今宵もくれぐれも無理なさいませんように。ちゃんと二、三曲でやめるのですよ」

「わ、わかってるわよ」

二人のやりとりを見て、ミランダがくすくす笑う。

「立場逆転。まるで兄と妹みたいね」

「兄？　ジェラールが？」

カタリーナは顔をしかめる。かつては弟のように――実の弟以上に――世話の焼けたジェラールが、兄と呼ばれてもおかしくないほど頼もしく成長していることに、戸惑ってしまう。

「あら？　ジェラール様がお兄様だと、カタリーナはイヤなの？　ジェラール様は、まんざらでもないと思うけど？」

　するとジェラールも顔を曇らせ、口ごもる。

「カタリーナが妹だと――困るな」

「――っ」

　友人たちが一斉に笑い出し、カタリーナは恥辱に顔を赤く染めた。

「私だって、あなたのようなお兄様はお断りだわ！」

「ふふ。カタリーナ、ジェラール様がおっしゃったのはそういうことではないと思うわ」

　友人が笑いながら釈明しようとするのを、ジェラールはやんわりと止め、おもむろに右手を差し出した。

「いいのですよ。それよりカタリーナ。ダンスを踊れるようになったなら、僕と――」

　だが、ジェラールが最後まで言い切らないうちに、

「初めまして、ビゴール・コンスタンツと申します」

　中肉中背の、二十歳を少し過ぎたぐらいに見える男性が、緊張した面持ちでカタリーナの正面に立った。

「僕と一曲、お手合わせいただいても？」

生まれて初めてダンスに誘われて、カタリーナはにわかに緊張した。

「はい！」

初めての社交界、初めてのダンス。

カタリーナはドキドキしながら、男性の手を取る。

「あっ、カタリーナ！」

「カタリーナ、待って」

背後から、カタリーナを呼び止める複数の声が聞こえたが、カタリーナは振り返らず、広間の中央へと滑り出た。

くるりと回るとドレスの裾がふわりと舞い上がり、エナメルの靴がシャンデリアの光を浴びてキラリと光る。

派手ではないけれど、丁寧に仕立てられた、品の良いドレス。

薄手のチュールを幾重にも重ねたドレスを纏《まと》ったカタリーナは、まるで花びらの間から生まれた妖精だった。

小ぶりで可憐な顔立ちのカタリーナが、頬をほんのりと染めて夢中で踊る姿は、老若男女問わず人の目をひく。

いつしかカタリーナは広間中の注目を集めていた。

だが本人はそのようなことにはまるで気づいていない。

ダンスをしながら、どこを向いても、向きを変えても、ジェラールの姿がすぐに目につくのだ。

年頃の少女が、顔を赤らめながらジェラールに話しかけているところ。

その親たちが、熱心にジェラールに娘を売り込んでいるらしきところ。

通りがかりの給仕からグラスを受け取り、喉仏を上下させながらワインを飲みくだすところ。

――不思議だった。

広間はこんなに大勢の紳士淑女で溢れかえっているのに、なぜか、ジェラールの姿だけがすぐに目に入るのだ。

整った顔立ち。

穏やかな目元。

優しい微笑み。

友人たちが噂していた通り、ジェラールはすっかり大人びて、人気者になっていた。

（泣き虫だったあのジェラールが、こんなに立派になるなんて……）

カタリーナはステップを踏みながらも、頭の中はジェラールのことでいっぱいだった。

相手の顔もろくに見ないうちに、曲が終わった。

先ほどいた場所に戻ろうかと踵《きびす》を返《かえ》すと、

「次は私と一曲――」

すかさず別の男性に誘われ、なし崩しにカタリーナは二曲目も踊ることになる。

その曲も終わり、今度こそ休もうと思っていたのに、また誘われてしまった。

医師からは、ダンスは二曲、せいぜい三曲まで、と言われている。

そろそろ休んだ方がいいかも……と思いつつも、せっかく誘ってくださったのに断るのは申し訳ない気がして、三人目の男性ともワルツを踊ったカタリーナは、しだいに息が苦しくなってきた。

五年の療養で随分回復したとはいえ、まだ人並みに丈夫な身体ではないのだ。

三曲目を踊り終え、脇目も振らずに壁際に向かいながら、次こそ誰に誘われようがキッパリと断ろうと決めていたカタリーナだったが、ふと、ジェラールがミランダと踊っているのが目の端に映った。

今をときめくジェラールと、家柄も美貌も申し分のないミランダ。年の頃も近く、お似合いの二人に、会場からため息が漏れる。

二人の距離は近く、ジェラールはおかしそうに口元を緩めながら何やら話しているのが見える。何を言われたのやら、ミランダは頬を真っ赤に染めて俯き、モゴモゴと言い返しているようだ。それを見てジェラールがくくっと喉の奥で笑ったところで、カタリーナはそれ以上見ていられず、顔を背けた。

　ざわり、と心臓の奥がけば立つ。

　あの二人が親密そうな様子を目にしただけなのに、なぜ、どろりとどす黒い気持ちがこみ上げてくるのだろう。

　気にしないようにしよう、とカタリーナは自分に言い聞かせ、気持ちを落ち着かせようと深く息を吸い込む。

　だが、それは逆効果でしかなかった。

（私には、二、三曲でやめておくようにって言ったくせに）

（自分はミランダのような美女と踊って、鼻を伸ばして――）

　息を一息吸うごとに、筋の通っていない、ささくれ立った感情が込み上げる。

「カタリーナ嬢、次は私とお手合わせ願えますか」

　声をかけられたのは、心の中で理不尽な八つ当たりをしているそんな時だったので、

「はい、私でよろしければ――」

　カタリーナはつい、相手の顔も見ずに誘いを受けてしまった。

　本当は身体が疲れていて、たとえ誰に誘われても断るつもりでいたのだが。

「光栄に存じます、カタリーナ嬢」

相手はそう言うと優雅に膝を折り、カタリーナの手を取った。

そこで初めて相手の顔を見て、

「あっ――！」

カタリーナはとっさに顔をしかめてしまった。

ダンスに誘ったのは、フレデリックの上官のエルガーだった。

「先ほどは少ししかお話しできませんでしたが――」

反射的に嫌悪の表情を浮かべたことに気づいているはずなのに、エルガーはカタリーナの手を摑み、颯爽と広間の中央の一番目立つところにまで連れて行く。

「フレデリックに美しいお姉様がいると聞いてはおりましたが、噂に違わぬ可愛らしさでいらっしゃる」

「美しい……。まるで妖精と踊っているようです」

どこまで本心なのか、エルガーは歯の浮くようなセリフを矢継ぎ早に繰り出し、カタリーナは居心地の悪いことこの上ない。

一刻も早く曲が終わり、この苦行から解放されることを祈ったが、こういう時は余計に時間が長く感じられた。

（はぁ……はぁ――）

エルガーのリードは荒々しく、カタリーナの息が上がる。

「あの、エルガー様――」

ただでさえ疲れ切っていたところに、この乱暴なリードだ。カタリーナは体力の限界を迎え、胸が苦しくなってきた。

「まさか『幻の姫君』と踊れるとは思いませんでしたよ。今日の舞踏会に来てよかった」

だがカタリーナの声が小さすぎるのか、エルガーは構わず踊り続け、喋り続ける。

「あの、エルガー様……」

ついにカタリーナは、もたれかかるようにしてエルガーの肩に手を添えると、苦しいのを堪《こら》えて彼を見上げた。

涙で潤んだカタリーナの大きな瞳で見つめられ、エルガーが小さく息をのんだ。

「どうかされましたか」

エルガーはごくりと喉を鳴らし、カタリーナの顔に耳を近づける。

「私、少し疲れてきて……。休憩したいのですが、よろしいでしょうか」

ダンスの途中でこのようなことを言い出す非礼に申し訳なく思いながらも、これ以上は耐えられず、カタリーナはためらいがちに口にした。

カタリーナとしては罵《ののし》られることも覚悟の上だったのだが、エルガーは気を悪くするどころか、途端に顔を輝かせた。

「休憩ですか。それはいい！」

そう言うと、即座にステップを踏んでいた足を止めてくれた。

「あ、ありがとうございます」

こんなにすんなり聞き入れてもらえると思わず、カタリーナは素直に礼を言う。

エルガーはカタリーナの腰に手を回し、ダンスの輪の外に向かって足早に歩き出した。

ダンスを止めてくれたのはありがたいが、性急な歩調にカタリーナは慌ててしまう。

しかも、輪から外れてもなお、歩調を緩めることなく歩き続ける。

「あの、どちらに――」

休憩といっても、元通り壁際に戻るか、バルコニーへ出て夜風に当たるぐらいのつもりでいたのだが、エルガーはそのどちらでもなく、人波をかき分け、出口に向かって突き進んでいるようだ。

「あの、私はここで――」

エルガーは聞こえていないのか、それとも気づかないふりをしているだけなのか、腰に回した手に力をこめ、強引に入り口まで連れて行くと、天井まで届く重いドアを片手で押し開く。

広い回廊に出ると、背後でドアが静かに閉まった。

ホールの喧騒が嘘のように、回廊はしいんと静まり返っていた。

「はぁっ……はぁっ……」

毛足の長い緋色のカーペットが足音を吸い込み、カタリーナの荒くなってきた息遣いが不必要なほど大きく耳元で響く。

「向こうに、客用の休憩室があります。そこで二人で休みましょう」

エルガーが鼻息荒く、奥の部屋を顎で示した。

「えっ？　あ、あの——きゃっ！」

二人で、というのに引っかかりを覚えていると、腰に回された手がぐいと引き寄せられ、カタリーナはエルガーにしなだれかかるような格好で倒れそうになる。

「あっ、ご、ごめんなさい」

謝りながら体勢を立て直そうとしたが、エルガーは摑んだ腰をさらに引き寄せた。初対面の男性に身体が密着してしまうことのはしたなさに、カタリーナは気を失いそうなほど恥ずかしくなる。

エルガーから少しでも離れようと腕を突っ張ってみるが、びくともしない。

強い力で、広い回廊を奥に向かってズンズン進む。

歩くのが早過ぎて、カタリーナは足がもつれそうになる。

ついて行くのにほとんど小走りになってきて、息が上がってきたが、それにも構わずエルガーはどんどん歩くスピードを上げた。

「はぁ、はぁ、はぁ——ッ」

心臓に負担がかかっているのが自分でもわかる。

早く休まなければ、発作を起こしてしまいそうだ。

（あと少し）

長い回廊の突き当たりを見つめながら、カタリーナは呟いた。

あと少しで、客人用の休憩室とやらに着く――。

額に脂汗がじんわりと滲むのを絹の手袋でそっと拭《ぬぐ》いながら、カタリーナは一歩でも早く休憩室に着くことを祈る。

不意に、腰に当てられたエルガーの手が脇腹に移動し、さするように撫で上げられた。

「――ひぃっ」

吐き気にも似た不快感が背筋を駆け抜けた。

初めは気のせいかと思ったのだが、エルガーの手は確かに脇腹を上下にさすっており、それが少しずつ下腹部へ降りてくる。

「やっ――！」

だがカタリーナの拒絶の声は、小さすぎて相手に聞こえなかったらしい。

ようやく長い回廊の突き当たりに行き着くと、エルガーは真鍮製のドアノブに手を伸ばした。

これ以上、この人と一緒にいては駄目だ――。

本能的に身の危険を感じ、カタリーナは逃げ出そうと踵を返すが、その拍子にカーペットの長い毛足にヒールが引っかかり、身体が大きくぐらついた。

エントランスの手前で石畳に嵌《は》まったこといい、このヒールは実についてない。

倒れかかったカタリーナの身体を、エルガーはここぞとばかりに抱きかかえるようにして支える。汗と香水の入り混じった匂いがツンと鼻をつき、カタリーナはあからさまに顔を背けた。

その時だった。

「具合が悪いのですか、カタリーナ」

聞き覚えのある、きっぱりとした声が背後から聞こえた。

振り向くと、ジェラールが憤然とした面持ちでこちらを睨《にら》んでいた。

「お疲れ様です、エルガー様。そちらは僕の親友の姉です。具合が悪いところを介抱してくださったのですね。ありがとうございます。あとは僕にお任せください」

口調は丁寧で穏やかだが、目つきは剣呑なまま、ジェラールはエルガーから引き剝がすようにしてカタリーナを引き寄せる。

「お前、邪魔をするとはいい度胸じゃないか」

エルガーはジェラールを忌々しげに睨み、低く唸《うな》るが、ジェラールは素知らぬふりを決め込んでいる。

「舞踏会を男女が抜け出してここに来るということがどういう意味か、まさかわかっていないわけではないだろうな」

「ええ。ですからお声をかけているのです」

のうのうと言ってのけるジェラールに、エルガーは呆れて目を剝《む》いた。

「わかっていて無粋な真似をしているというのか。──覚悟はできているんだろうな、ジェラール」

声に不穏な響きを滲ませ、エルガーがジェラールをジロリと睨《ね》めつける。

「ええ、どうとでも。あなたには能力はなくても権限はおありのようですからね。好き勝手なさるといい」

「ぬうっ──！　覚えていろよ、ジェラール。上官に向かってそのような口をきいたこと、永遠に後悔させてやる。お前の言う通り、俺には権限だけはあるからな。どうせお前のことは前々から気に食わなかったんだ」

エルガーは舌打ちをすると、最後にカタリーナをちらりと見やり、胸元をジロジロと舐め回すような目つきで見るとようやくその場を立ち去った。

「もう大丈夫です、カタリーナ」

エルガーの後ろ姿が長い回廊から見えなくなったのを確認すると、ジェラールはカタリーナの背中に軽く手を当てた。

「――！」

だがカタリーナは、背中に手が触れただけなのに、思わず身体をビクッとのけぞらせてしまう。

「そんなに警戒しないでください。僕は、あなたの嫌がる事はしませんから」

ジェラールが傷ついた顔をして、背中に当てた手を離す。

「ごめんなさい。別に嫌がってるわけじゃないの。ただ――」

事実、先ほどのエルガーに触れられた時の嫌悪感を反射的に思い出してしまっただけで、ジェラールに触れられるのは嫌ではなかったのだから。

「とにかく、中に入って落ち着きましょう。あなたには休憩が必要なようだ」

カタリーナの鼓動が異常に早い上に、汗をびっしょりとかいていることに気づいたのだろう、ジェラールが気遣うように言う。

「失礼、カタリーナ。ちょっと我慢してくださいね」

そう言ってジェラールはカタリーナの背中にもう一度手をあて、優しく上下にさする。

幼い頃、カタリーナが発作を起こしかけると、母がよくそうやって背中をさすってくれた。あの時の母の手と同様に、温かくて大きな手のひらの温もりだった。

エルガーに触れられた時は毒々しい嫌悪感しかなかったのに、ジェラールに触れられるとむしろ安心感がもたらせるのが不思議だった。

ジェラールの手のひらに背中を委ねながら、ぽつりとカタリーナは呟いた。

「さっきの方には、少し触られただけでも怖くて気味が悪かったのに……。なぜあなたに触れられるのは平気なのかしら」

するとジェラールは、背中をさすっていた手をピタリと止めた。

「まったく、あなたという人は……」

嚙み殺すような声で低く唸る。

「人の気も知らないで、そんなことを言うのですね」

「え」

「僕のたがが外れても知りませんよ」

「――？」

あまりに小声だったので何を言われたのか聞き取れず、カタリーナは首を傾げる。

「……とにかく中に入りましょう。話はその後だ」

ジェラールは困ったように苦笑し、ドアノブに手をかけた。

エルガーと同じ動作なのに、心にもたらす感情はまるで真逆で、カタリーナは素直に部屋に入った。

第三章　休憩の意味

「さて、説明してもらいましょうか」

後ろ手にドアを閉めるなり、ジェラールがやんわりと、だが反論を許さない口調で尋ねる。

窓もドアも閉ざされたこの部屋では、外からの音は何も聞こえず、身じろぎをしただけで衣擦れの音がことさら大きく響いた。

部屋は小さめで家具も最小限しか配備されていないが、その分、洗練されていた。部屋の中央よりもやや北寄りに置かれている丸い三脚のサイドテーブルはマホガニー製で、エレガントにすぼまった脚が流行を取り入れている。真紅の緞子《どんす》張《ば》りの椅子には細かな鶴模様の彫刻が施されていた。その奥には簡易な寝台が備えられており、なるほど、確かにここは休憩室なのだろう。

「せ、説明って、何を――」

たじろぎ、後ずさると、カタリーナの背中がサイドテーブルに当たった。

「そうですね、聞きたいことはいくつもあるのですが――。まず、なぜここに来るはめになったんですか」

大股で歩を進め、カタリーナの真正面に立ちはだかったジェラールの瞳の奥は、鋭く冷ややかだった。射抜かれてしまいそうな視線に、カタリーナは竦《すく》み上《あ》がる。

「私が休憩したいって言ったら、あの方が、ここに連れて来てくださったの。休憩するのにちょうど良い場所があるから、って」

ありのままに答えると、ジェラールは咎めるように顔をしかめる。

「休憩したいと、あなたから言い出しのですか――？」

信じられない、といった様子で目を見開いている。

「え、ええ」

決まり悪くなって、カタリーナは目を伏せた。

せっかくダンスの相手をしてくれているのに休憩したいと言い出すのは、マナー違反だったと自覚している。

「確かに失礼かしらとは思ったのだけれど、疲れてきたから、休みたくて――」

言い訳するように口ごもると、

「それはあなたが、医師の忠告を無視して四曲も踊り続けるからでしょう」

ぴしゃりと叱られ、カタリーナはしゅんとなる。

「ダンスは二曲まで、と医師に言われていたのではなかったのですか」

「だって——」

口ごもりながら、ふと、なぜジェラールは自分が四曲踊ったことを知っているのだろうと不思議に思ったが、ここでそれを尋ねる勇気はない。

「私、断ろうと思ったのよ。三曲目が終わった時、次こそは断ろうって思ったの。本当よ。でも——」

「断らなかったのは、なぜなんです？」

ジェラールは容赦なく畳みかける。

「そ、それは……」

言いかけて、カタリーナは口をつぐんだ。

ジェラールとミランダが親密そうに踊っているのを見たらなぜか急に胸の奥がざらついて、断る気をなくしてしまった、とは言えない。

だいたい自分でも、なぜあの時そのような感情に苛《さいな》まれたのかわからずにいる。

「それは？」

だがジェラールは聞き流してくれず、先を促す。

「……」

俯《うつむ》いて黙りこくってしまったカタリーナをしばらく眺《なが》め、ジェラールはふうっとため息をついた。

「顔を上げてください。別にあなたを責めているわけではないのですから」

ジェラールはカタリーナの顎に手をかけると、ひんやりと長い指に力をこめ、カタリーナを上向かせた。

渋々顔を上げたカタリーナと目が合うと、ジェラールは困ったように眉尻を下げる。

「なぜそんな泣きそうな顔をしているのですか、あなたは」

「だって——。ジェラール、怒っているのだもの」

するとジェラールは弱々しい笑みを浮かべながら、カタリーナの頭をぽんと撫でる。

「ええ、怒ってますよ」

ぐいっと顔を近づけ、囁《ささや》くように言う。

息がかかるほどの近さに、カタリーナの鼓動が速くなる。

「なぜ怒っているのか、わかりますか」

カタリーナは首を横に振った。それがわからないから、戸惑っているのだ。

「あなたが、のこのこと男と一緒にこの部屋に来たからですよ」

「でも、それは——」

気分がすぐれない自分のために、休ませようと休憩室に案内してくれただけだ。

確かにカタリーナは、あのエルガーに良い印象を抱いていない。だが、親切心で休憩室まで案内してくれたことは事実なのだから、そこは曲解してはいけない。

それを訴えると、ジェラールはフンと鼻を鳴らした。

「親切？　女性を休憩室に連れ込むのが親切な行為だと、本気で思っているのですか」

「だって、そうじゃないの——？」

親切心以外の何があるというのか。首を捻《ひね》っていると、ジェラールは険しい顔つきで、さらにもう一歩カタリーナに近づいた。

威圧的な空気を纏《まと》うジェラールに恐れをなし、カタリーナは下がろうとするが、背中がテーブルにつかえて、これ以上後ずされない。

「この部屋がなんのためにあるのか、あなたは知らないのですね」

「だ、だから、舞踏会で疲れた人たちが、休憩するための部屋でしょう？」

少なくともエルガーはそう言っていた。

「ええ、そうです、休憩です。——ところであなたは、それがどのような休憩なのか、わかっていますか」

「休憩は、休憩でしょう？」

カタリーナは目をパチクリさせて、ジェラールを見つめ返す。

「舞踏会の休憩室の休憩とは、散歩の途中で疲れてベンチに座って休憩するのとは、訳が違いますよ」

「ふぅん、それなら、舞踏会の休憩というのはどういうものなの？」

他意なくそう尋ねた刹那、ジェラールの瞳が大きく揺れた。

「どうやら僕が教えてあげるしかないようですね」

そう言ってカタリーナの腰を摑み、ジェラールはぐいっと自分の方に引き寄せた。

何を、どうやって――？　と問う間もなく、ジェラールはカタリーナの顎先に指を添え、少し上向きにさせると、ゆっくりと唇を重ねた。

突然のことに、カタリーナはぽかんと口を開け、ただ、されるがままに立ち尽くしていた。すると、薄く開いた唇から、ジェラールの舌がするりと忍び込んでくる。

「――っ⁉」

びっくりして目を見開いたカタリーナに見えたのは、不機嫌な顔でまっすぐにカタリーナを見つめるジェラールの瞳だった。睨《にら》みつけているようにも見えるその瞳に、カタリーナは金縛りにあったように、身動きできなくなってしまう。

「ふ――ぅんん――」

強引に口腔内に侵入したジェラールの舌は、カタリーナの中を丹念に舐めとる。

「うっ――んっ、くぅうん……」

首を振って逃れようとするカタリーナだが、いつのまにかジェラールの片手は後頭部に回されており、しっかりと頭を押さえ込まれていて逃れられない。

少し肉厚なジェラールの舌は、カタリーナの舌にねっとりと絡みつき、きつく吸い上げた。重ねられた唇から、時折くちゅりと水音が漏れるのが、カタリーナの羞恥心を煽る。

恥ずかしくて、やめてほしいのに、カタリーナはジェラールの腕の中に囚われたまま、身じろぎひとつできずにいた。

強引に自分の口の中に引き込んだカタリーナの舌を、強く吸い上げたかと思えば甘く噛み、初めての口づけに戸惑うカタリーナを甘美に翻弄《ほんろう》する。

「……んん――やぁ――ん、はぁ――」

抗議のためにあげたはずの声は、力なく吐息となって消えた。

舌で口腔内をかき混ぜられ、身体から力が抜けそうになる。思わずジェラールの肩を掴むと、カタリーナを抱くジェラールの腕に力がこめられ、それがまたカタリーナの心臓をぎゅっと締め付けた。

くちゅり、と音を立てながら、ようやく唇が離される。

二人の唇を繋ぐように銀色の雫が伝うのを、カタリーナは焦点の合わない目でぼんやりと眺《なが》めた。

「こ、これが休憩だとでも言うの――?」

「まさか」

ジェラールは肩をすくめてみせる。

「まだまだこれからですよ」

意味ありげに口角を上げると、ジェラールはカタリーナの腰を支えたまま、部屋の奥へと歩き出した。

「どこに行くの――?」

「休憩しにいくのですよ」

ジェラールに促され、カタリーナはベッドの縁に腰を下ろした。ジェラールも隣に腰かけると、カタリーナに覆《おお》いかぶさるように再び唇を合わせ、そのまま静かにベッドに押し倒す。

「ふっ――ぅうん……」

先ほどよりもすんなりと、身体が口づけを受け入れる。

「可愛い、カタリーナ」

カタリーナの顔の両脇で肘をついたジェラールは唇を離すと、吐息混じりに囁いた。

「そんなこと……!」

このような言葉、面と向かって言われたことがない。照れて目をぎゅっとつぶったカタリーナの瞼《まぶた》に、ジェラールの柔らかな唇が押し当てられた。

「――っ」

長い睫毛をぴくぴくと震わせていると、ジェラールはくすりと笑った。

「そんなこと、ありますよ。カタリーナは可愛い。可愛くて、綺麗だ――」

今度は額に口づけを落としながら、ジェラールはカタリーナの髪をすくって耳にかけ、そのまま指の背で首筋を滑らせ、肩をなぞった。

「……！」

くすぐったい、でも、それだけではない感触にカタリーナは身を捩《よじ》る。

肩をなぞり終えた指は、そこからさらに鎖骨をたどり、やがて、ドレスの上から乳房に触れた。

「ん、やぁっ――！」

そのようなところを触られるとは思わず、慌てて身を起こして逃れようとしたが、覆いかぶさっているジェラールは、胸板を押されてもびくともしない。

「ああ、苦しいのですね」

わかっている、というふうにジェラールは頷くと、乳房に触れるのをやめてくれた。

ほっとしたのもつかの間、

「ちょっと失礼」

ジェラールはカタリーナの背中に手を回し、ドレスの釦を二つ三つほど外した。

「なっ、何するの――？」

「だから言っているでしょう。休憩ですよ、カタリーナ」

さらに四つ、五つ、と釦を外すと、ジェラールは壊れ物でも扱うかのような優しい手つきで、カタリーナの肩からドレスをそっと外した。

「きつく締め付けていると、休憩になりませんからね」

丁寧にドレスを剝くと、カタリーナの白くて滑らかな肌が徐々に露《あら》わになる。

「ああ、思った通り、綺麗だ――」

ジェラールが嘆息混じりに囁く。

「こちらも外しましょうね。そしたら楽になるでしょう」

断る隙を与えず、はだけたドレスに手を差し入れて今度はコルセットの紐を緩めていく。

実際、少し紐が緩められるごとにカタリーナの呼吸は楽になる。

やがてすべての紐が緩められ、釦が外されると、ジェラールはコルセットとドレスを一気に剝ぎ取った。

「あっ――!」

全てを脱ぎ去った真っ白な裸体に、ただ一つ身につけている青い鈴のペンダントが妖しく輝く。

そのペンダントをジェラールは愛おしげに見つめ、指で優しく撫でると、ふるんと波打ちながら露わになった無防備な乳房を遠慮がちに触れた。

「――っ」

ひんやりと冷たいジェラールの手は、乳房をやわやわと揉みしだき、桃色の輪郭を指でなぞり、存在感を示し始めた尖端を指先でつんと突っつく。

「……っ──」

触れられるたびに胸がじんじんと熱くなり、身体の奥からむずむずと何かが湧き上がるような感覚に襲われる。カタリーナは唇を噛みしめ、喉からこみ上げる声を、必死に飲み込んで耐えた。

「声、我慢しなくてもいいんですよ」

だがジェラールにはお見通しだったようで、額にかかった前髪を片手で払いながら、優しく告げた。

「だって──変な声が出てしまいそうで──」

「いいんですよ、それで。その声が、僕は聞きたいんですから」

カタリーナを見つめたまま、ジェラールは片方の手で胸の頂《いただき》をキュッとつまむ。

「──んんぁっ！」

途端にびりびりと強い刺激が背筋を走り、カタリーナは色のついた声をあげてしまった。

「そう、その調子です」

気を良くしたのかジェラールはにっこりと笑むと、頂を二本の指で挟み、小刻みに動かす。

「ん、ん、ンァん！」

自分でも聞いたことのないような甘い声に、カタリーナは愕然となる。

「ほら、どんどん硬く尖ってきましたよ」

キュッとつまんだり、引っ張ったりしながら、ぷっくりと膨らんだ頂をジェラールは弄《もてあそ》んだ。

「やっ、恥ずかしい――」

「恥ずかしがることではないのに」

ひねりを加えながら引っ張られ、

「ぁっ、ぁぁんんっ――！」

カタリーナの嬌声が止まらなくなる。

「その声です。もっと聞かせて」

――不意に、胸の頂にぬるりとざらついた感触を感じ、カタリーナは身体を震わせた。

ジェラールが頂を口に含んだとわかり、羞恥で消えてしまいたくなる。思わず両手で顔を覆い隠すと、ジェラールがその手を摑み、顔から外された。

「やっ、見ないで――」

「見たいんです、カタリーナの感じてる顔」

両手を握られたまま、ジェラールに敏感な頂を甘噛みされ、

「ぁああんっ！」

急に押し寄せてきた快楽の波に、カタリーナは背中を弓なりにのけぞらせる。

ぷっくりと膨らんだ尖端を舌先で転がされ、甘い呻き声をあげていると、握りしめられていた手が解かれた。

それを寂しいと感じる間もなく、ジェラールの手がカタリーナの内腿に伸ばされた。つーっと太腿の内側を撫で上げられ、カタリーナの身体がびくびくと震える。

そんなカタリーナの反応を見て、ジェラールが小さく喉の奥で笑うと、ついにその手はカタリーナの脚の付け根の、誰にも触れられたことのないあわいに触れた。

「そ、そんなとこ、やっ――――！」

「どうして？」

「だって、そんなとこ、汚いもの――――！」

眦《まなじり》に涙が滲む。ジェラールは片手でその涙を拭《ぬぐ》いながらも、もう片方の手は休まずにあわいを上下に擦る。

「汚いわけないじゃないですか」

呆れた口調でジェラールが言うと、ふっと身を屈《かが》め、顔を秘唇に寄せた。

「いやぁ――――っ！」

まさかそのようなことをされると思わず、カタリーナは慌てて脚を閉じようとするが、膝の裏をすくい上げられ、ますます大きく開かされる。

「やぁ……見ないで――」

カタリーナの願いもむなしく、ジェラールはてらてらと濡れて光る秘唇を見つめると、ふうっと熱い息を吹きかけた。

「はぁぁあああん！」

それだけの刺激で、カタリーナの身体がぞくぞくと疼《うず》いてしまう。

ぱっくりと割れた花弁から、じゅわりと蜜が溢れ出す。

ジェラールはそれを指ですくうと、ぺろりと舐めた。

「――っ！」

扇情的なその仕草に、カタリーナは顔が真っ赤になる。

カタリーナのはしたない蜜を舐めとった長い指が、再び蜜口を弄《いじ》る。

「やっ、いやぁ――ぁ」

甘い痺れが全身を駆け巡り、カタリーナは口先でこそ嫌がるが、身体はもう次の快楽の波が訪れるのを待ち受けていた。

ほっそりと長い指が一本、蜜口に差し入れられる。

「あぁ――んんっ！」

「狭いな――」

ジェラールは顔をしかめると、蜜液を愛襞に塗り込めるようにゆるゆると指を出し入れする。

「ん、ん、ん――っ」

指が抜き差しされるたびに、カタリーナは甘い声をあげてしまう。

「痛い？」

カタリーナは首を横に振った。

痛いというよりも、感じたことのないような、おかしな感覚がせり上がってきて落ち着かない。

「痛く、ない――」

だからそう答えたのだが、

「そう。じゃあ、もっと挿《い》れても大丈夫ですね」

間髪入れずに指を二本に増やし、ほぐれ始めた蜜口をかき回す。

「あ――だめ――入ってる――」

愛襞が広げられ、節くれだった長い指に擦られると、奥から蜜がとろとろと溢れ出す。

「ふっ。まだまだ増やせそうですね」

指を三本に増やされ、蜜壺からじゅくじゅくと淫らな水音が響く。

「ああ……はぅんん――アァっ――」

蜜壺にねじ込まれた指は、カタリーナの感じやすいところを的確に探る。

「んぁぁあああんっ！」

一番感じるところを探り当てると、ぐりぐりと回転するような動きも加えられ、カタリーナは啼《な》き声《ごえ》にも似た嬌声をあげながら快楽の波に溺れていく。

三本の指が中でバラバラと動かされ、カタリーナはどうにかなってしまいそうになる。と、溢れ出た蜜液を、ジェラールが親指で花蕾に塗り込める。

「んんぁっ！」

今までとはまた違う鋭い刺激に、カタリーナの身体が大きく跳ねた。

「ふっ――。ずいぶん締め付けてきましたね。ここが好きなんだ」

そう笑いながら、ジェラールは花芽を親指で押し潰し、こねくり回す。

「あっ、あっ、ん、んんぁっ！」

強すぎる快感に、カタリーナは声も出ない。

「カタリーナ、可愛い――」

ジェラールはフッと笑うと、ひくつく秘唇にそっと口づけた。

「ゃあっ――！」

そんな些細な刺激も、今のカタリーナには強い快楽を及ぼす。

そのままジェラールは、尖らせた舌で割れ目をなぞり、こぼれ出た愛液をじゅるりと吸い上げた。

「んあぁっ！」

恥ずかしすぎて、気持ちよすぎて、おかしくなりそうだ。

固く尖った真珠に吸い付かれ、舌で嬲《なぶ》られるとカタリーナは何も考えられなくなる。

「ん、ん、んふぅん――――！」

ぞわぞわと、身体の奥から大きな波の塊が駆け上がってくるのがわかる。

「だめっ、おかしくなっちゃう――――！」

「おかしくなって、カタリーナ」

いやいやとかぶりを振って身体を捩るカタリーナを、ジェラールが目を細めて見つめた。

「ど……して――」

（どうしてそんな目で私を見るの――？）

まるで愛おしいものを見るような眼差しを向けられカタリーナは戸惑ってしまう。

「余計なことは考えないで」

ジェラールが顔をしかめ、つぷりと蜜口に指をねじ込んだ。

「余計なことなんかじゃ――」

「黙って。何も考えられなくしてあげる」

そう言って、ジェラールは抽送する動きを速める。

「ん、ん、んんっ、ンァん——！」

カタリーナの腰がくねり出した。蜜壺に差し入れられた三本の指が愛襞を擦り上げるように蠢《うごめ》き、親指で花芯をグリグリと押し潰され、

「ンァぁぁあああああああっ！」

カタリーナは、駆け上がってくる真っ白な快楽の波に意識を攫《さら》われた。

＊＊＊＊＊

寝台に力なく横たわったまま、カタリーナは肩を上下させ、浅い呼吸を繰り返す。

（どうして、こんな——）

『どうやら僕が教えてあげるしかないようですね』

それだけの理由で、こんなことをするの——？

「ねえ、ジェラール。どうして、こんなことをしたの——？」

どういう答えを期待しているのか、自分でもわからない。

ただ、一つだけ確実なことがある。

「休憩がどういうものなのか教えてあげる、そう言ったでしょう」

ジェラールから返ってきたのは、カタリーナが期待していた答えではなかった。

第四章　幸せの青い鈴

あれは、ジェラールの十歳の誕生日の時のことだった。

幼い弟や妹たちが庭で走り回っているのを傍目に、図書室で静かに本を読んでいると、ジェラールは両親に居間に呼び出された。

「お呼びですか、お父様、お母様」

「待っていたわ、ジェラール」

居間に入ると、アーヴォット侯爵夫人がにっこりと微笑み、父が席に着くように促した。

アーヴォット侯爵夫人とジェラールは、血は繋がっていない。ジェラールの実の母は、彼が生まれて間もなく亡くなったのだ。

後妻となったアーヴォット侯爵夫人は、父と仲睦まじく、たちまち三人の子供をなした。

夫人はジェラールのことも分け隔《へだ》てなく愛してくれているのだが、ジェラールは常に、自分と家族の間に薄膜のような隔たりがあるのを感じていた。

その日も、アーヴォット侯爵夫人は嘘偽りない微笑みを浮かべて、ジェラールのそばまで来ると身を屈《かが》めて目線を合わせた。

「お誕生日おめでとう、ジェラール」

「お前ももう七歳か。早いものだな」

そう言って二人から渡されたのは、見るからに高級なものだとわかるベルベット貼りの深緑の小箱で、開けてみると、中には透き通った石でできた小さな青い鈴が入っていた。

「ありがとうございます、お父様、お母様」

ジェラールは複雑な思いでそれを受け取った。

多忙で留守がちのアーヴォット侯爵夫妻は、幼い弟たちの面倒をジェラールに任せきっている負い目からか、よく高価なお土産をプレゼントしてくれた。

それよりも本当は家族で一緒に過ごせる時間の方がよほど嬉しいのだが、幼い頃から妙に聡明で物わかりのよかったジェラールは、それを口にすることはなかった。

今度も両親がくれたのは恐らくとびっきり高価なものなのだろうとはわかったが、

「明日からしばらく出かける。留守番を頼んだぞ、ジェラール」

父にそう言われた途端、ジェラールはひどく落胆した。

こんな青い鈴なんかいらないからどこにも出かけないで、と泣き叫べたらいいのに。

「あなたがしっかり留守宅を守ってくれるから、安心して出かけられるわ」

「助かるよ、ジェラール」

両親の信頼を勝ち取った分、ジェラールは、甘える権利を失ってしまった。

「任せてください、お父様、お母様」

口元を引き結び、笑みを消してそう答えるジェラールの胸中も知らず、アーヴォット侯爵夫妻は満足げに頷いた。


ジェラールの部屋は、十歳の男児とは思えないほど重厚な設《しつら》えで、無駄なものは一切ない。一種の寂しささえ感じるほど整えられた部屋の片隅で、ジェラールはソファに浅く腰掛け、だらしなく背もたれにもたれかかった。

「明日から、またお留守番か――」

わかっている。父は、広大な領地を治めるために奔走しているのだと。

ジェラールはため息をつき、軽く瞳を閉じた。こういう時、瞼《まぶた》の裏に無意識のうちに思い浮かぶのは、父でもなければ母でもなく、幼馴染みのあの人だ。

「会いたいな……」

親友の姉のあの人は、いつも笑顔で明るい。

生まれつき心臓が弱い彼女は、周りに余計な気を遣わせないよう、ことさら明るく振る舞うのだ。そんな彼女の強さと優しさは陽だまりのようで、ジェラールは心から憧れ、尊敬の念さえ抱いていた。

『無理しなくていいのよ、ジェラール』

幼い弟たちの手前、年よりもしっかりあらねばと常に気を張っているジェラールに、彼女はよくそんな言葉をかけてくれる。

自分が無理に背伸びをしていることを見抜いてくれたのは、家庭教師の他には彼女だけだ。実の父も母も、誰も気づいてくれないのに。

彼女の前でだけは、ジェラールは、本来の自分でいられる気がする。

だから、誰からも「しっかり者」と評されるジェラールも、彼女だけは「泣き虫で甘えんぼさんね」と言うのだ。

「この鈴――あの人の瞳の色に似てる……」

両親からもらった青い鈴を目の高さに持ち上げ、ジェラールは誰にともなく呟《つぶや》いた。

手のひらに載せている時は澄んだ海のように深い青だったが、光にかざすとピンクがかった紫にも見えるのが、彼女の瞳とまるで同じだ。

ジェラールは、ますますこの鈴が気に入った。

揺らしてみると、ほんのわずかだが確かに鈴の音が響く。小さいながらもよく通る音で、雲を突き抜けて天まで届きそうな、心が洗われるような、清らかな音色だった。

（これ、あの人にも聞かせてあげたいな）

矯《た》めつ眇《すが》めつ青い鈴を眺《なが》めながら、次に彼女に会えるのはいつだろうか、とぼんやりと考えている時だった。

「失礼します、お坊っちゃま。——ほお、ブルー・サキライトではございませんか」

部屋に入ってくるなり、青い鈴に目を留めた家庭教師が、感嘆の声をあげた。

「ブルーサキ……なに？」

「ブルー・サキライトでございますよ、お坊っちゃま。それはグレンザードの海に面した、とある洞窟の奥でしか採掘できない、とても貴重な宝石でございます」

この家庭教師はジェラールよりもずいぶん年上の男性で、がっしりと肩幅も広く筋肉質なのだが、見た目とは裏腹に細かくて口うるさい。主に歴史とダンスを教わっているのだが、その他のどの分野にも博識で、宝石にも詳しい。

「グレンザード？」

その地名に、ジェラールは思わず反応してしまう。病弱な幼馴染みのあの人は、グレンザードの空気が体調に合うらしく、たまにそこで冬を過ごす。

（グレンザードの宝石か——）

一気に親近感が湧き、ジェラールは青い鈴を見つめなおした。

「それなら、カタリーナさんも持っているかもしれないね」

「さあ、それはどうでしょうね。王家の方でさえ手に入れるのは難しいと言われるほど希少なものでございますから、領主のご令嬢といえどもお持ちではないかもしれませんね」

「へえ、そういうものなのか」

「ええ。誠に貴重なものですから、大切になさいませ。何しろ状態の良い大粒のブルー・サキライトがあれば、小さな王国ならひとつ買えるとも言われております」

「まさか！」

あまりに大げさなたとえに思わず吹き出したジェラールだが、家庭教師の顔つきが真剣なのでそれが冗談ではないと知り、恐れ多くなる。

「嘘ではございませんよ、お坊っちゃま。それほど高価なものなのでございます。――そうそう、ブルー・サキライトの価値は、希少性だけではございません」

家庭教師は声を低め、真面目な顔をして話しだす。

「ブルー・サキライト同士をかち合わせると、不思議な音色を響かせます。その音色は心の不安を取り除き、幸せをもたらすと言われています。――ただの言い伝えですけどね」

ジェラールには、それがただの言い伝えとは思えなかった。先ほどから何度も鈴を振っているが、一振りするごとになんだか楽しい気分になるのだから。

「もう一つ、言い伝えがございます」

「どんな？」

すっかりブルー・サキライトの色と音色に魅せられたジェラールは、身を乗り出して家庭教師の言葉の続きを待つ。

「ブルー・サキライトを贈ると、贈られた相手は必ず幸せを手にするそうですよ。――ご主人様や奥方様も、当然この言い伝えをご存知のことでしょう、とお節介ながら付け加えさせていただきましょうか」

ジェラールはパッと顔を上げた。

両親が留守がちで、本当は寂しいこと。

幼い弟たちのように素直に両親に甘えられないこと。

本当は弟たちのように、好きな時に好きなだけ泣いてわがままを言ってみたいこと。

――ずっと抑え込んでいた気持ちを、家庭教師はわかってくれていたようだ。

「僕、これを大切にする」

「ええ、それがよろしいかと。それでは今日の講義を始めましょう。随分時間が押してしまいました」

家庭教師はにっこりと微笑んでモノクルを眼窩に嵌《は》め、気持ちを切り替えるようにパンパンと手を叩いたので、おしゃべりの時間はそれで切り上げられた。

分厚い歴史書を開き、古いインクの香りがふわりと漂う中、ジェラールは最後にもう一度だけ青い鈴を鳴らした。

透明なその音色は、心の奥で渦巻いていたどす黒い気持ちを、水に溶ける粉薬のように溶かしてくれた。

＊＊＊＊＊

レミントン伯爵夫人の葬式に参列したのは、それから数ヶ月ほど後のことだった。

ジェラールの継母はレミントン伯爵夫人と親交が深かったこともあり、訃報を耳にした時から、激しく動揺していた。

「あのような素晴らしい方に限って、なぜこのようなことに……。天は酷すぎますわ」

慈善事業に熱心だったレミントン伯爵夫人は、身寄りのない子供たちのために修道院を慰問した帰り道、事故に遭ったのだ。幼い子供を二人も残し、自分が先に逝くなんて——。

やりきれない最期に、誰もがかける言葉も見つからない。

ジェラールも、ママっ子だった親友のフレデリックに、なんと言えばいいのかまるでわからなかった。フレデリックの落ち込み方は並大抵のものではなく、葬式の間もずっと声をあげて泣きじゃくっていたのだが、参列した大人たちはただ言葉を失い、もらい泣きするばかりだった。

そんな中、長女のカタリーナは涙一つ見せず、気丈に振る舞い、懸命にフレデリックを慰めていた。

さすがカタリーナさんは強いなぁ、とその時のジェラールは感心し、尊敬した。

いつも自分を甘えさえてくれる二つ年上の幼馴染みは、こんな時でも強くて気丈に振舞えるのだ、と。


「それは違いますよ、お坊っちゃま」

葬儀から帰ってきたジェラールに、誤解だと気づかせてくれたのは、家庭教師だった。モノクルを外し、ハンカチーフでキュッキュッとレンズを拭《ふ》きながら、家庭教師は同情の表情を浮かべて言った。

「カタリーナ様は、きっと、泣き場所を摑み損ねてしまったのでしょう」

「泣き場所?」

「ええ。甘える場所、と申しましょうか。いつも気を遣って明るく振る舞ってばかりで、人に甘えることをご存じないのかもしれませんね。だからこういう時も甘え方がわからないのでしょう。おいたわしい……」

――まさか!

ジェラールは驚愕した。

(もしそうだとすれば、僕は、僕は――)

そこまで考え、ふと、僕は、の続きは何なのか自問する。

家庭環境や家族構成こそ全然違うものの、今の話が本当ならば、ジェラールも似たような境遇だと言える。

お互い家の中に、甘える場所がない。

(でも僕には、カタリーナさんがいる)

ジェラールの奥に潜む寂しさに気づき、甘えさせてくれたカタリーナが。

(じゃあ、カタリーナさんは？　彼女は、誰に甘えればいい？)

今まで自分がカタリーナに与えてもらうばかりで、こちらからは何も返していなかったことに初めて気づき、ジェラールは自己嫌悪に陥《おち》った。

(今まで甘えさせてもらったぶん、これからは僕が、カタリーナさんを甘やかすんだ！)

ジェラールはそう決意し、部屋を飛び出した。

部屋を出る寸前、ベッドのサイドテーブルに置いていた青い鈴が目に入ったので、それを引っ掴む。

これをプレゼントすると、贈られた相手は一生の幸せを手にするらしい――。

その言い伝えが、本当だと信じて。

どんよりと厚い雲に覆《おお》われた空の下、誕生日にもらったばかりのポニーに跨《また》がり、ジェラールはレミントン伯爵の家まで駆けた。

まだ道のりの半分ほども進まないうちに、仔馬のルシファーは息も絶え絶えになってきたが、ジェラールは手綱を緩めずに走らせ続けた。

「頼むルシファー。あの人のところまで急いでくれ。後でたっぷり休ませてやるから！」

ルシファーをなだめ、叱咤しながら、ジェラールはレミントン伯爵の屋敷まで飛ばした。

勢い余って来たはいいけど、こんな日に先触れもなく押しかけてもよかったのだろうか。

馬場にルシファーを繋ぎ、エントランスホールに向かいながら、ジェラールは急に不安になってきた。

（やっぱり引き返そうかな）

途中でくるりと元来た道を戻り、

（でも、もしカタリーナさんが泣いているのなら、僕だって力になりたい……！）

またまた踵《きびす》を返《かえ》し、

（でも、でも、やっぱり非常識だし……明日、出直そうかな）

またまたまた元来た道を引き返し――。

悶々と悩んでいるうちに、雨がぽつりと降ってきた。

「――うん、やめておこう」

このタイミングで雨だ。きっと、今日はやめておけという天の思し召しにちがいない。

馬場に戻ろうと、またまたまた踵を返した時だった。

生け垣の向こう側から、すすり泣く声が聞こえてきた。

ジェラールは立ち止まり、耳をすませた。

雨粒が茂みに落ちる音の合間に、かすかに、押し殺したような泣き声が聞こえる。

「お母様――」

嗚咽《おえつ》交じりのカタリーナの声に、ジェラールは胸を切りつけられたような痛みを覚えた。

生け垣の隙間からそっと覗《のぞ》いてみると、いまだかつて見たこともないほど顔をぐちゃぐちゃに歪《ゆが》ませて、カタリーナがしゃがみ込んでむせび泣いているのが見えた。

「――っ！」

ジェラールは悔しくて、ぐっと拳を握りしめた。

家庭教師の言っていた通りだったのだ。

長女として弟を支え、涙を堪《こら》えて気丈に振る舞っていただけで、カタリーナだって深い悲しみに襲われていたのだ。

さすがカタリーナさんは強いなぁ、と感心していた自分は、なんと愚かだったのだろう。

「お母様、どうして――お母様……！」

雨音に紛れるように声を押し殺して泣いているカタリーナは、辛そうで、悲しそうで、痛々しくて見ていられなかった。

ジェラールは胸が締め付けられる思いで、雨に打たれて立ち尽くしていたが、

（――そうだ！　この鈴……！）
音色を聞けば、元気になれる鈴。
贈られた相手は一生の幸せを手にするという言い伝えもある、この美しい鈴。
（これがあれば……）
この音色で、今のカタリーナの悲しみを少しは和らげることができるかもしれない。
ジェラールは鈴をぎゅっと握りしめた。
（待ってて、カタリーナさん！　今すぐそちらに行きます！）
心の中でそう告げて、生け垣の向こう側へと走り出そうとした瞬間、
――チリン……。
握りしめていた青い鈴が、手から転がり落ちてしまった。
「あっ……！」
ジェラールは呆然と立ち尽くした。
こんなときに限って、なぜ落としたりしてしまうのだろう。
あれがないと、彼女を慰められないのに――。
情けなくて、涙がこみ上げる。
（とにかく見つけなくっちゃ――！）
涙と鼻水をすすり上げながら、雨でぬかるむ地面に這いつくばって探していると、ジ

エラールを嘲笑うかのように雨脚が強くなり、ますます探し物を困難にする。

「ジェラール⁉　こんなところで何してるの⁉」

声がしたのは、そんな時だった。振り返ると、カタリーナが目を丸くしてジェラールを見ていた。

人の屋敷の庭園で、雨に打たれながら地面に這いつくばっているのだ。不審がられても無理はない。――と思いきや、

「何を落としたの？　一緒に探してあげる！」

不審がるどころか、カタリーナも一緒になってしゃがみ込み、探すのを手伝おうとする。

「カタリーナさん……！」

今の今まで、あんなに泣いていたのに。

こんな泥だらけのところでしゃがめば、ドレスが汚れてしまうのに。

そんなことには一切構わず、カタリーナは当たり前のように身を投げ出し、一緒に探そうとしてくれるのだ。

ジェラールは胸がいっぱいになり、また涙がこみ上げた。

「泣いてるの、ジェラール？　大丈夫よ。私が必ず見つけてあげる」

「カタリーナさん……」

今までもずっと、こうだったのかもしれない。

カタリーナはいつも、自分の悲しみや痛みを押し隠し、明るく振る舞っていたのだろう。

ジェラールはそれにずっと守られ、救われてきたのだ。

「ほらほら、泣かないで。一緒に探しましょう」

自分だって今さっきまで泣いていたのに、そんなそぶりも見せず、カタリーナは優しくジェラールの頭を撫でた。

カタリーナの強い優しさに今更ながら気づき、ジェラールは感動に打ち震えた。

「ところで、何を探してるの？」

「えっと、それは、べつに――」

ジェラールは我にかえり、口ごもる。

言えるわけがない。

カタリーナにプレゼントしようと思っていたものをなくしてしまった、など。

あなたを慰めるために来ました、など。

――ましてや、慰める側のはずの自分が泣いて、逆に慰められているなんて、情けなくて言えない。

「んもう、焦れったいわねぇ。一緒に探してあげるから、何を落としたのか教えて」

「んー、なんか、今日はもういいや」

曖昧に言葉を濁すと、ついにカタリーナは怒り出してしまった。

「何よそれ。私も一緒に探してあげるって言ってるじゃない。何を落としたのか教えてくれないと、探せないわ」

「でも、雨も降ってきたし、また今度探すよ」

「雨で流されちゃったら、見つからなくなってしまうわ。今のうちに探しましょう」

「でも――」

「いいから、早く教えなさいってば。何を探せばいいの？」

雨のせいにして切り上げようと思うのに、意外と頑固なカタリーナは、引き下がらない。

「えっと、青くてちっちゃいやつ――」

観念してジェラールが教えると、

「ふうん……。よくわからないけど、とにかく青くて小さな何かを見つければいいのね」

カタリーナは手もドレスも泥で汚れるのも構わず、地面に顔を近づけて探し始めた。

「ありがとう、カタリーナさん」

カタリーナにプレゼントするために持ってきたものをカタリーナに探してもらうことになろうとは。おかしさがこみ上げ、ジェラールは一人でくすくす笑っていた。

雨が激しさを増す中、二人は黙々と探し続けた。

――カタリーナの様子がおかしいと気づいたのは、それからすぐのことだった。

「――はあっ、……っ、っ、はぁ――っ」

ぜいぜいと変な音を立てながら息を荒らげ、カタリーナは胸を押さえて蹲《うずくま》っていた。

「カタリーナさん⁉」

慌てて駆け寄ると、カタリーナはぐったりとジェラールにもたれかかり、苦しそうに顔を歪める。

身体が弱いのに、雨に打たれてずっと外にいたせいだ。

(僕のせいだ)

ジェラールは唇を噛みしめ、カタリーナを抱きかかえた。

「大丈夫だよ、カタリーナさん。今すぐ部屋に連れて行くから！」

そう言って立ち上がろうとするが、カタリーナのドレスは雨水をたっぷり吸い込んでいて、ずっしりと重くて持ち上げられない。

それどころか、支えようとするだけでもジェラールは大きくよろめいてしまう。

「ああ、どうしよう――誰か！　誰かいませんか⁉」

誰か助けを呼ぼうと思っても、周囲には誰もいない。声をあげて助けを呼ぶが、ジェラールの声は雨音にかき消され、誰にも届きそうになかった。

ジェラールが途方に暮れていると、

「二人とも、そこで何をしているのです」

レミントン家の執事とともに、ジェラールの家庭教師が現れた。

家庭教師は一瞬で状況を把握したらしく、持っていた傘をジェラールに押し付けるようにして渡すと、カタリーナをひょいと抱え上げる。

自分が持ち上げようとしてもびくともしなかったのに、彼はいとも簡単に抱き上げるのが、ジェラールは悔しくてたまらなかった。

「あり、が、とう、ジェラール――」

カタリーナは家庭教師をジェラールと勘違いしているようだった。家庭教師の首に腕を回しながら、荒い息で苦しそうに礼を言う。

「今は黙っていてください。礼よりもあなたの体調の方が大事です。身体が弱いと聞いております。そのような方が、雨の中で外遊びとは何事ですか。自殺行為ですよ」

家庭教師は、ジェラールだけでなく、よその家の子女にまで厳しい。

振り返ると、レミントン家の執事も苦笑していた。

家庭教師が説教を垂れながらも、頼もしい足取りでカタリーナを屋敷まで運ぶのを、ジェラールは力なく見送っていた。

その後ジェラールは、家庭教師から渡された傘をさし、庭で鈴を探し続けた。雨は激しくなる一方で、レミントン家の執事が何度も止めに来たが、ジェラールは諦めなかった。

小さな青い鈴が、ぬかるんだ地面に半ば埋め込まれた状態になっているのを見つけたのは、雨もようやくおさまった夕暮れ時のことだった。

執事から手渡されたタオルで濡れた髪と服を拭くのももどかしく、ジェラールはカタリーナの部屋に向かった。

発作はもう落ち着いており、カタリーナは眠っていた。頬には涙のあとがいく筋もついていて、眠る前にまた一人で泣いていたのだろうかと思うとジェラールの胸が傷んだ。

起こさないよう気をつけながら、カタリーナの手をそっと握り、ジェラールは誓った。

(僕はもう、泣かない)

泣き虫は卒業だ。

(これから先、カタリーナさんの涙を止めるのは、僕でありたい)

ジェラールはカタリーナの手に青い鈴を握らせると、屋敷を後にした。

その夜、ジェラールは両親に騎士団入団の意思を告げ、早急に手続きを済まし、数日後には最年少の若さで入団した。

だからジェラールは知らなかったのだ。

あのままカタリーナが三日も眠り続けていたことも。

目を覚ますと、この数日間のことがまったく記憶になかったということも。

＊＊＊＊＊

あれから八年。

カタリーナが五年ぶりにグレンザードから戻って来たとフレデリックから聞き、いつもはなんだかんだと理由をつけて欠席する舞踏会に、今回は出席することにした。

「ふーん、今回は行くんだ」

フレデリックが意味ありげにニヤニヤと見てくるが、その挑発には乗らずに、ジェラールは舞踏会に出るための準備を着々と進めた。

当日、馬車を降りてエントランスホールに向かう途中、人混みに揉まれるカタリーナの姿がすぐに目につき、ジェラールは息が止まるかと思った。

こんなに大勢の人で溢れているのに。

最後に会ってから八年近くの月日が経っているのに。

それでも一目見ただけですぐにそれがカタリーナだとわかるほど、あの人のことが好きなのだと改めて気づく。

（カタリーナさん、一人……？）

フレデリックと来ているはずなのに、一人で所在無げに佇《たたず》むカタリーナを見て訝《いぶか》しく思ったが、遠目で見る限りカタリーナは別に焦っている様子はない。心細そうではあるが。

別にフレデリックとはぐれた訳ではなさそうだ。社交的で顔の広いフレデリックのことだ、誰かにつかまっているのだろうとジェラールは納得した。

と、同時に、思う。

カタリーナが一人きりでいる今こそ、声をかける絶好のチャンスではないか。

――でも、声をかけて、もし僕のことなど歯牙にもかけなかったら――?

彼女が家庭教師と話すたびに顔を赤らめていたことから察するに、恐らく年上の男性が好みなのだろう。

だからこそジェラールは、カタリーナが戻って来るまでに少しでも彼女の理想に近づけるように、と努力をした。騎士団で鍛錬を重ね、体力にも自信をつけた。今なら、彼女を片手で抱え上げるのも容易いことだ。

だが、それでも彼女のお眼鏡にかなわなかったら――?

再会できた喜びよりも不安の方が上回り、足が竦《すく》んで動かない。

騎士団の獅子とも呼ばれているジェラールが、初恋の幼馴染みの姿を遠目で見ただけで足が竦むとは情けない話だ。

……ふと、カタリーナが道端に落ちている扇子を拾い上げたのが見えた。その扇子はしばらく前からそこに落ちていたので、カタリーナが落としたわけではないだろう。カタリーナはしばし扇子を眺《なが》めると、左右を見たり背伸びをしたりと、落とし主を探し始めた。

誰もが見て見ぬ振りをして通り過ぎるする中、律儀に拾い、落とし主を探すのは実にカタリーナらしく、ジェラールは嬉しくなる。

（変わってないんだな、カタリーナさん）

強くて、優しくて、公平で。

記憶の中の彼女のままで、ジェラールはほっとしてしばらく彼女の姿に見入っていた。

すると、突然、カタリーナの様子がおかしくなるのがわかった。

どうやらヒールが石畳に嵌《は》まって動けないらしい。

それでも何食わぬ顔して笑顔を取り繕っているのがますますカタリーナらしくて、ジェラールはくすくす笑った。

（声を、かけてみよう）

ジェラールは勇気を出して近づき――今度こそ、本当に、息が止まるかと思った。

胸元に、あの青い鈴が輝いているから。

贈られた相手が生涯幸せになれると言われている、あの鈴を。ペンダントに加工して身につけてくれているなんて――！

後日、親から、あのペンダントをどうしたのか聞かれた。なくした、と答えるとこっぴどく叱られたが、それでもよかった。それでカタリーナの涙が一粒でも減るのなら構わないと思っていたのだ。

「カタリーナさん……」

社交デビューの日にあの鈴を目立つように身に着けてくれていることに意味がある気がして、嬉しくて、ジェラールは急ぎ足で彼女の元に向かった。

――だが、意味などなかった。

『これは、母の形見なんです』

それどころか、これがジェラールからの贈り物だとも知らないらしい。

しかもカタリーナは、ジェラールだと気づいてくれなかった。

まるで初対面のように振る舞われ、ジェラールがどれほど絶望したか、あの幼馴染みはきっと気づいていないのだろう。

第五章　甘美な罰

その日、カタリーナは侍女を連れて王都の街中を散歩していた。

医師から、天気の良い日は散歩をするとよいと言われているのだ。

幼い頃は庭を歩くだけで発作を起こしていたこともあったが、それを思えばずいぶん回復したものである。

「散歩ができるって、嬉しいことね」

見る物すべてが愛おしくて、カタリーナは道ゆく人や馬にも微笑みを投げかけ、弾む足取りで歩いていた。

「ええ、本当に。こんなに丈夫になられて――」

付き添う侍女のエミリアも、感に堪えないといった風で、ハンカチーフを目頭に押し当てる。

（お母様とも散歩したかったな）

叶わぬことだと知りつつも、カタリーナはそう思わずにいられない。

母は活発な性格で、本当はカタリーナと散歩や乗馬を楽しみたがっていた。いつかカタリーナの身体が丈夫になったら、たくさん出かけましょうね、と約束していた。それも大きな楽しみとして、カタリーナは療養に励んでいたのだが――。

（せっかくこうして散歩もできるようになったのに、もうお母様がいないなんて――）

これ以上、母のことを考えていればしんみりしすぎて泣き出してしまいそうだ。

カタリーナは、他のことを考えることにした。

（そうよ。過去のことを悔やんでいても仕方ないもの）

ならば、この先は誰と散歩したいだろうか――。

そう思った瞬間、咄嗟に頭に浮かんだのは、ジェラールだった。

『可愛い、カタリーナ』

低められた艶やかな声も同時に思い出され、カタリーナは思わず立ち止まってしまう。

「カタリーナ様？　どうかされましたか？」

突然立ち止まったカタリーナに、エミリアが驚いて心配する。

「なんでもないわ。――さあ、行くわよ」

カタリーナは慌てて再び歩き出したが、頭からジェラールの顔が離れない。

『見たいです、カタリーナの感じてる顔』

（――やだわ、私ったら何を急に思い出しているの……！）

　あの日のジェラールの息遣いや指遣いがまざまざと思い出され、昼日中の街中だというのにカタリーナの顔はみるみるまに真っ赤になっていく。

（だいたい、ジェラールはどうしてあんなことをしたのかしら……）

『どうやら僕が教えてあげるしかないようですね』

（本当に、それだけ――？）

　相手がカタリーナでなくとも、ジェラールはあのように教えていたのだろうか。

　そう思うと胸が針で刺されたように鋭く痛み、カタリーナは胸を押さえて立ち止まった。

「カタリーナ様？　どうなさったのです？　発作ですか⁉　気付け薬ならこちらにございます！」

　エミリアが血相を変えてポシェットから常備薬を取り出すのを、カタリーナは苦笑しながら押しとどめる。

「これは発作ではないわ。ただ、ジェラールのことを考えていたらなぜか急に胸が苦しくなっただけで……」

「まぁ、カタリーナ様――！」

　言い終わらないうちに、エミリアは貴重な気付け薬をぽとりと落とし、あっけにとられた様子でカタリーナを凝視した。

「それは恋というものですわ、カタリーナ様」

「えっ。まさか、そんなわけないじゃない」

「それではお伺いしますけど。お嬢様は、恋とはどういうものなのかご存知なのですか」

「いいえ、知らないわ。あなたは知ってるの？」

するとエミリアはにんまりと笑った。

「私も知りませんわ。でも、一つだけ知っていることがあります。恋っていうのは、知ってるとか知らないとかそういうものではないのです」

まるで芝居の役者のように、あらぬ方向を見ながらエミリアは楽しそうに語る。

「恋というのは、気づいたら始まってるものだそうですわ、お嬢様」

「ふうん」

わかるようでわからなくて、適当に相槌を打っていると、エミリアは人差し指を突きつけてカタリーナの方を向く。

「たとえば、もっと一緒にいたい、もっとあなたのことが知りたいし、たくさん話していたい――そう思えたら、それは恋の始まりですわ」

ピクリ、とカタリーナは肩を跳ねさせる。

「あと、離れている時に、考えようとしなくてもその人のことばかり考えてしまったりすれば、それはもう完全に恋だと言われております」

「えっ――」

身に覚えのありすぎる感情だ。

「ふふふ。お嬢様はもう、恋が始まっ――あっ！　危のうございます！」

ニヤニヤしながらカタリーナを肘で小突いていたエミリアだが、突然表情をさっと引きしめ、カタリーナの腕を強く引っ張った。

次の瞬間、二頭仕立ての馬車が砂埃を巻き上げながら、すぐそばをものすごい勢いで通り過ぎる。

「ありがとう、エミリア。――けほっ、こほっ」

侍女をねぎらいながら、カタリーナは咳き込んだ。

埃が喉に入り込んだのか、ハンカチーフで口元をおさえても咳がとまらない。

「お嬢様、大丈夫ですか」

エミリアが不安そうに背中をさすってくれるので、カタリーナは余計な心配をかけまいと、ことさら明るい笑顔を浮かべた。

「大丈夫よ。埃が喉に入っただけ。安心して」

「それなら良いのですけれど――」

幼い頃から、カタリーナの周りは心配性な人が多い。少しでも疲れた様子を見せればすかさず心配され、気を回される。

病弱なカタリーナを守ってくれるためだと重々承知しているので、文句など言ったことはもちろんないが、カタリーナは申し訳なくて、いつもついつい必要以上に明るく振る舞っているのだった。

「それにしても、人の多いこと。王都はグレンザードとは全然違うわね」

カタリーナは明るい声を発して話題を変える。

王都の中心地であるこのあたりは、様々な階級の人々で賑《にぎ》わう。

忙《せわ》しない足取りで、血眼になって目的地にまっしぐらに突き進む使用人や、カタリーナたちのように、あてもなくただぶらぶらと歩き回るだけの者。

パイプの煙をくゆらせながら、のんびりと立ち話を楽しむ紳士たち。

その間にも馬車が激しく行き交い、そのたびに砂埃が巻き上げられ、空気がよいとは言いがたい環境だ。

「気のせいかしら、空気に味なんてないってわかっているんだけど——空気の味も、違うように思えるわ」

「私も同じことを思っておりましたわ、カタリーナ様」

エミリアが口元を押さえながら同意する。

「まだ来たばかりだけど——帰りましょうか」

カタリーナの提案に、エミリアは待っていたとばかりに頷いた。

「それが良いですわ、カタリーナ様。お身体のために散歩を勧められておりますのに、余計にお身体に障りそうですもの」

二人は顔を見合わして肩を竦《すく》めると、くるりと踵《きびす》を返《かえ》し、来た道を戻り始めた。

しばらく歩くうちに、前方から背の高い男性の二人組がこちらにやって来るのが見えた。

一人はツイード生地のフロックコートを品良く着こなし、長い脚で颯爽と歩いている。コートの襟元は紅蓮色の刺繍で縁取られ、胸元に縫い付けられているエンブレムが品格を高めていた。

「ごきげんよう、カタリーナ」

カタリーナの手前まで来ると、青年は立ち止まり、帽子に手をやって丁寧に挨拶をする。

「まあ、ジェラール！　こんなところで会うなんて、偶然ね」

カタリーナが驚いていると、

「本当に偶然なのか疑いたくなるほどですね」

ジェラールのそばにいた男がぼそりと付け加えた。

するとジェラールは、完璧な笑みを貼り付けて、にこやかに答える。

「今回のは本当に偶然だよ」

今回「は」という物言いに多少の引っ掛かりを覚えつつ、ジェラールに会えたことが素直に嬉しくて、カタリーナはニコニコしながらジェラールたちの掛け合いを見ていたが、ふと、もう一人の男性にも見覚えがあることに気づく。

(どこかで見たことがあるような気がするのだけれど……)

すぐそこまで出かかっているのに、はっきりとは思い出せず、カタリーナは気になってちらちらと男性を横目で見た。

がっしりとした体躯だが、目つきは神経質そうで、理知的な顔立ちをしている。髪の毛一本の乱れもなく、背筋は針金のようにまっすぐだ。

(——あっ、思い出したわ！)

確か、ジェラールの家庭教師ではなかったか。

とにかくとても厳しい先生だったと記憶している。カタリーナがジェラールを引き止めているせいで、勉強の時間に遅刻させてしまったことが何度かあるのだが、そのたびにジェラールと二人でまとめてこっぴどく叱られたことを思い出す。

(うん、間違いないわ)

思い出してみると、記憶の中とまるで変わっておらず、かつても今も年齢不詳な出で立ちだ。

向こうも自分のことを覚えているのだろうか。

幼い頃の失態を知られている人物と対面するのは、恥ずかしいものだ。

カタリーナは顔を赤くして、家庭教師から目を逸《そ》らした。

そんなカタリーナの様子を見て、ジェラールが憎々しげに顔をしかめたことには、誰も気づかなかった。

「こんなところでばったり会えるとは思いませんでした。今日は、お買い物ですか？」

物腰柔らかに、ジェラールが尋ねる。

「いいえ。ただの散歩よ」

カタリーナは、医師から散歩を勧められていること、だから街中まで出てみたはいいもののの、思ったよりも往来が激しくて空気が悪く参っていたこと、なので散歩はやめて今から帰ろうとしていたことを話した。

ジェラールは思案顔で聞いていたが、カタリーナが話し終えると、とある提案をした。

「そういうことでしたら、僕の屋敷に来てみては？」

「――いいの⁉」

カタリーナは即座に顔を輝かせる。

アーヴォット家の庭園といえば王都でも指折りの名園で、四季を通じて美しいと名高い。子供の頃、何も知らずにアーヴォット家の庭園を遊び回っていた。幼心にも綺麗な庭だと思ってはいたけれど、大きくなってからその評判を聞き、なんと贅沢な遊び場だったのかと恐れ多くなったものである。

「僕も、散歩でもしてゆっくりと時間を楽しみたいと思っていたところだったから、ちょうど良かった。おつき合いいただけますか、カタリーナ」

「ええ、もち――」

即答しかけたカタリーナだったが、ハッと我に返った。

「ダメよ、だって、ジェラールは何か用事があるんじゃ――」

王太子殿下の覚えもめでたく、騎士団でも有数の剣術の腕前だという多忙のジェラールが、わざわざ街中に出てきているのだ。何か目的があるに違いないのに、自分のせいで予定を変更させるわけにはいかない。

ところがジェラールは、決まり悪そうに苦笑した。

「別に用事も予定も何もないから大丈夫ですよ」

「嘘よ。そんなわけ――」

「新しい歴史書を買いに来たのですがね、めぼしいものが見当たらなかったのです。当てが外れてふてていたところですから、もしよろしければ、お坊っ――いえ、ジェラール様の気分転換にお付き合いいただけますか」

カタリーナの言葉を遮《さえぎ》り、家庭教師もそう言いそえるので、

「そういうことでしたら……」

カタリーナは、ありがたく申し出を受けることにした。

「今はオキザリスが見ごろです。ぜひジェラール様に案内してもらってください」

「はい！」

家庭教師の提案にカタリーナは顔をほころばせたが、直後、ジェラールの顔がひどくしかめられていることに気づき、しゅんとなる。

「ごめんなさい、私――。やっぱり遠慮しておきます」

「どうしてです。遠慮などあなたらしくもない」

ジェラールはそう言うが、投げやりとも取れる言い方に、カタリーナはますます恐縮してしまう。

「さあ、行きますよ」

仕方なさそうに嘆息すると、ジェラールは自然な所作で腕を差し出した。アーヴォット家の馬車は街角で待たせているそうで、それに乗せてくれるという。

「それでは侍女殿。カタリーナは責任を持ってお預かりしますから、あとはお任せください」

「はい！　お嬢様をよろしくお願いしますわ‼」

ジェラールに言われ、エミリアはやけに張り切って返事をすると、

「お嬢様、がんばってくださいまし！」

カタリーナの耳元で鼻息荒く囁《ささや》いた。

双頭の虎の紋章が遠くからでも目立つアーヴォット家の馬車は四頭仕立てで、太くて大きな車輪は車体の揺れも少なく、快適だった。

だが、馬車の中でジェラールは口元を引き結んで窓の外を眺《なが》めており、カタリーナとの間に一言も会話がなかった。

カタリーナもまた、会話の糸口が摑めずにいた。

狭い空間にジェラールといると、どうしてもあの日の休憩室のことを思い出してしまう。あの肌の温もりを、はしたない水音を、迫り上がる快楽を、カタリーナは五感全てで覚えている。

でもジェラールは、まるで何もなかったかのような態度で、それがカタリーナをどうしようもないほどに傷つけていた。

ジェラールは、自分にしたことを忘れているのだろうか。

それとも、あれはジェラールにとっては取るに足らない、日常茶飯事だったのだろうか。

——どちらにしても、カタリーナにとっては傷つくことで。

あの日のことを思い出すと身体の奥が疼《うず》き、はしたない液がとろりと溢れ出すのを自分でも感じるけれど、そのようなことが知られては恥ずかしくて、カタリーナもそっぽを向き、必死で扇子で扇いで顔の火照《ほて》りを鎮めた。

＊＊＊＊＊

手入れの行き届いた広い庭園を言葉少なに歩きながら、カタリーナは不安にかられた。

(ジェラールは、本当に良かったのかしら)

正直、カタリーナはこの展開に心密かに喜んでいる。

会いたいと思っていたジェラールに偶然会えて。

でも、ジェラールはどうなのだろう。

横目で様子を窺うと、ジェラールは不機嫌そうに顔をしかめている。

本当は、カタリーナと散歩など、したくないのかもしれない。

ただ、優しいジェラールは断ることもできず、仕方なしに案内役を引き受けてくれているだけなのかもしれない。

「ごめんなさい……」

いたたまれなくて、カタリーナは首を縮めて小声で謝罪する。

「なぜ謝るのです」

だが、ジェラールに睨《にら》まれ、ますます竦《すく》み上《あ》がり、カタリーナはまた謝罪の言葉を口にしてしまう。

「べ、べべべ別に……。ごめんなさい――」

「……」

「……」

本来おしゃべりなカタリーナは、この重い沈黙に耐えきれず、何か会話の糸口はないものかと目を白黒させていた。

おかげで、せっかくの立派な庭園もまるで目に入らない。

「えっと——そういえば！　さっきの方って、ジェラールの家庭教師の方よね？」

「ええ、以前は」

ジェラールが苦々しげに答える。

「今は違うの？」

「ええ。僕にはもう必要ないですからね。彼は今、弟たちの家庭教師をしていますよ」

「ふうん。それにしてもあの方、最後にお会いしてから何年も経ってるはずなのに、まるで変わっていらっしゃらないのね。髪型まであの頃と全く同じものだから、笑っちゃいそうになったわ」

「……そうですか」

やっと当たり障りのない共通の話題を見つけたつもりだったのだが、なぜかジェラールは余計に不機嫌そうな顔になり、歯ぎしりまじりにカタリーナを横目で睨む。

「ご、ごめんなさい——」

何がジェラールの逆鱗に触れたのかわからないまま、カタリーナは首をすくめて謝った。

（どうしてこんなに怒ってるの――）

ジェラールを怒らせた原因が思い当たらず、カタリーナは泣きたくなってくる。

（私、ジェラールに嫌われてる……？）

そうだとしても、無理もないかもしれない。

昔、カタリーナはジェラールと弟を従え、随分えらそうにしていた。

今や王都きっての人気者を顎で従えていた年上幼馴染みなど、思い出したくもないのかもしれない。

でも、せっかく貴重な庭園を開放してくれたのだから、せめてこの時間だけは楽しんで過ごしたい。

（何か話さなくっちゃ――）

あの舞踏会の日、まだジェラールがジェラールだとわからなかった時、グレンザードの話ができて楽しかった。

あの日の話の続きがしたいのにと考え、カタリーナは頭を小さく振った。

（だめよ。あの日の話はやめやめ）

舞踏会の日の話題になれば、いずれ休憩室での出来事にいきついてしまうだろう。

思い出すだけでもこんなに顔が火照るのに、本人を前にしてあの日のことを話すなど到底無理だ。

カタリーナはまた一つ、そっと息をついた。

「――この庭園はお気に召しませんでしたか？」

ため息ばかりついているからだろう。ジェラールがそのようなことを聞く。

「違うの、そういうわけではないの！　とても素敵な庭園だわ」

「それは良かったです。街中よりは、空気も幾ばくかマシでしょう」

「ええ、もちろんよ！　まるで比べ物にならないわ。本当に立派な庭園で――」

「街中は埃が多くて、決して空気がいいとは言えませんからね。――医者からは、毎日散歩するよう勧められていると聞きましたが？」

「ええ、そうなの」

「それなら、いつでもここに来ればいい」

「えっ」

ジェラールに嫌われていると思っていたのに、彼の方からそう言われ、素直に頷いて良いのかどうか悩んでしまう。

「カタリーナさえよければ、ですが」

「あ、ありがとう。ではそうさせてもらってもいいかしら」

カタリーナが言うと、ジェラールはにっこりと笑って頷いた。

二人の間に張り詰めていた他人行儀な緊張感が和らぎ、カタリーナはほっとする。

庭園を眺めゆっくりと歩きながら、途中でふとした段差があるとジェラールは自然と手を添えて支えてくれる。

そんな紳士的な仕草にも、ジェラールがかつての少年から立派な男に成長したことを感じ、カタリーナはドキドキするのだった。


「……ここ――」

ゆるやかな坂を登りながら、カタリーナは思い出していた。

「昔、フリージアが咲いていたところかしら？」

今は違う花が植えられているので気づかなかったが、曲がりくねって作られたこの道や、ふもとに見える石橋の彫刻には、見覚えがある。

「ええ、そうです」

自分の記憶力が確かだったとわかり、カタリーナは自信をつけた。

「まだまだ覚えているわ。向こうのほうには神殿があるのよね」

ジェラールの父は異国が好きで、特に東方の国に心酔しており、まとまった時間を見つけては東方に旅している。早くジェラールに爵位を譲って、東方の国に移住して余生を悠々自適に過ごしたい、というのが口癖だ。

東国に移住するのが待ちきれず、アーヴォット侯爵は庭の奥に東国の神殿を模した建造物を建てたぐらい。

「見えたわ！　あれね！」

木陰の向こうに、件《くだん》の建物が見える。

貝殻を嵌め込んだ石を多用してできた神殿は、特徴的な屋根の形をしている。

「へぇ。よく覚えていましたね」

「私、物覚えはいい方なのよ」

あの神殿に忍び込んでかくれんぼをして、異国のいかにも貴重そうなグラスを割ってしまったことも覚えている。後日、例の家庭教師にきつく叱られたことも。実はジェラールが罪を被って自分がやったことにして重い罰を受けたのだと聞かされ、カタリーナは自責の念に駆られて数日間眠れなかった。

「へえ、物覚えが良いのですか？　……本当に？」

ジェラールは足を止め、カタリーナに向き直る。

「では、あなたはただ、忘れてるふりをしているだけなのですか？」

「何を？」

カタリーナが首を傾げると、ジェラールは顎に手をかけ、くいっと上向かせる。

「あの日、こうしたことを」

言うなりジェラールは顔を近づけ、荒々しく口づけた。

「――ん！」

反射的に顔を背けようとしても、固定されていて自由にならない。

ジェラールの舌は強引にカタリーナの口内に侵入し、貪《むさぼ》るように中を吸い尽くした。

「んっ、ん、んふぅっ、ん――！」

そのままカタリーナを食べ尽くしてしまいたいかと思っているかのように執拗に舌を追いかけ、奥深くに熱い舌をねじ込んでくる。

ぴたりと重ねられた唇から、舌が吸い上げられるたびにくちゅりと淫らな音が漏れる。

「あ……ふ――」

熱く、深く、口づけを繰り返し、やがてカタリーナの身体から力が抜けていくと、ジェラールはゆっくりと顔を離した。

「――どうして……」

カタリーナがかすれた声で呟《つぶや》くと、ジェラールは顔を歪《ゆが》めて答える。

「罰ですよ」

そして角度を変えてもう一度、啄《ついば》むように口づけると、少しだけ顔を離し、

「僕を忘れた罰です」

もう一言そう囁き、貪るように唇を食《は》む。

（そんなの、ずるい――）

カタリーナは心の中で泣きむせんだ。

だって、こんなことされたら、忘れられなくなる。

もとより、あの舞踏会の日からこっち、一瞬たりとも忘れたことなんてないのに。

「忘れるというのは、罪ですね」

ジェラールが寂しそうに笑む。

「嫌われるよりも、拒絶されるよりも。忘れられているのが、一番堪《こた》えます」

「だから、忘れたわけでは――」

「そう？　何ごともなかったように振る舞われたから、忘れてるのかと思いましたが」

「どういう顔をすればいいのかわからなかっただけよ。……それに、ジェラールこそ！」

カタリーナは、キッと顔を上げた。

「僕こそ、なんです？」

「今日、会ってからなんだかずっと機嫌が悪いし……何か怒っているのではないの？」

するとジェラールは、小さな子供に言い含めるような口ぶりで言う。

「機嫌が悪いのは、あなたが鼻の下を伸ばしているからですよ。相変わらず年上の男性に弱いのですね」

「なんのこと？」

「弟の家庭教師のことです。昔からあなたは、彼と喋る時はポーッとしてましたね。――今でも彼に憧れていますか」

何を言っているのだろう、とカタリーナは困惑した。

（私が、あの人に憧れ――？）

街中で会った家庭教師を思い出し、吹き出しそうになる。

いつも厳しい顔をして、時間や行動の全てをきっちりと管理している、時計の番人のような男。ときめきや胸の高鳴りとは、まるで無縁だ。

「どうして私があの方に憧れていると……」

言い終わらぬうちに唇を塞がれ、最後まで言えない。

「ふ、ぅんんっ……！」

両頬をジェラールの手で包まれ、顔を動かすことさえできない。

カタリーナを固定したジェラールは、唇を甘噛みし、柔らかな舌を吸い上げる。強引に自分の口内に引き込んだカタリーナの舌を執拗に嬲《なぶ》り、甘美な刺激を与えた。

「ふ――ぅ……」

息もできないほど濃厚な口づけに、カタリーナは頭の芯からぼーっとっとなる。

「んん――やぁ……」

唇が離された隙に、抗議の声をあげようとするが、鼻にかかった甘い声しか出なかった。

カタリーナの背筋を、身に覚えのある甘い疼《うず》きが駆け上がる。

舞踏会のあの日、休憩室で感じたあの疼きと同質のものだった。

長い口づけの後、顔を離すと、ジェラールは瞳を切なげに揺らした。

「約束してください。二度と僕を忘れないと」

「――約束しなかったら、どうなるの――?」

不安をたたえた目で聞き返すと、ジェラールは顔を歪めて答える。

「物覚えの悪いお嬢様には、罰を与え続けるしかないでしょうね」

そう言ってジェラールは、カタリーナを身じろぎできないほどきつく抱きしめ、息もつかせず唇を奪った。

「ん――っふぅ、んん……」

腰の力が抜けて立っていられなくなり、思わずジェラールの肩に腕を回して縋《すが》ると、ジェラールはぴくりと身体を強張らせた。

「ああ、カタリーナ。可愛い……」

カタリーナを抱くジェラールの腕の力が強くなる。

ジェラールは顔を離すと、そのまま首筋に唇を這わせ、時折ちくりと吸い上げた。

ジェラールの熱を、温もりを、身体中に刻まれ、カタリーナは抗う気力もなく、されるがままに彼の執拗な唇を受け止めていた。

第六章　残酷な相談

黄色いミモザの花が色鮮やかに咲きこぼれる庭園で、品良く着飾った令嬢たちが四人、優雅にティーカップを傾けている。

ここはレミントン伯爵家の庭園。

カタリーナは馴染みの友人たちを招き、午後のお茶を楽しんでいた。

「それでどうだったの、この間の舞踏会は」

お茶が入るのも待ち遠しく、友人たちが身を乗り出して尋ねてくる。

カタリーナが舞踏会デビューを果たして、半月ほどが経っていた。

「ああ、舞踏会ね……」

カタリーナは遠い目をした。

あれから随分経ったような気がするが、まだ半月なのだ。

「くるみとレーズンの砂糖漬けがとてもおいしそうだったけど、食べられなくて残念だったわ」

あの日、長テーブルに並べられていたご馳走には、ついぞありつけなかった。

ご馳走を傍目にグラスを傾けるのが流儀なのだろうか。食事には誰も手をつけなかったのだ。

「ほんと、もったいないわよね」

カタリーナが呟《つぶや》くと、友人たちは一斉に呆れた顔を向ける。

「あなた、あれだけ殿方と踊っておいて、感想がそれだけしかないの？」

「初めての舞踏会だったのでしょう？　食べ物じゃなくて、もっとときめく話もあったでしょうに」

友人たちがもどかしそうにレースの手袋を噛む。

「そういえばカタリーナったら、エルガー様にずいぶん気に入られたご様子だったじゃない？　あの後二人でどこかに行ったのかと思っていたけれど、違うの？」

友人の一人が、思い出したように言うと、カタリーナは途端に笑顔を引きつらせた。

「べ、べべべ別に――」

「エルガー様はお若いながらも騎士団の副団長をお務めで、ジェラール様ほどではないにしろ、将来有望らしいわよ」

「それに、ジェラール様にはかなわないけど、見た目も良いし、年齢的にも二十六歳というじゃない？　カタリーナのお相手にちょうど良いと思って、私たち見ていたのよ」

友人たちがまくし立てるのを聞きながら、カタリーナは頬が紅潮してくるのを感じ、慌てて扇子で口元を隠す。

正直、エルガーに対してはあまり良い印象は抱いてない。

だが、その後の休憩室での出来事——ジェラールと過ごしたあの時間——が蘇ると、どうしようもなく身体が火照《ほて》り、疼《うず》くのだ。

『その声です。もっと聞かせて』

ぺろりと尖端を咥《くわ》えながら言われた言葉や、敏感な突起をざらりと舐められた感触がまざまざと蘇り、顔から火が噴きそうだ。

「やっぱり！　エルガー様と何かあったのね！」

ローズヒップジャムよりも赤く染まったカタリーナの表情を見て、友人たちがまるで獲物でも見つけたかのように、喜色の笑みを浮かべる。

「白状なさい、カタリーナ。あの日、エルガー様と何があったの？」

「ない、ないない！　エルガー様とは何もないわ」

そこは正真正銘の事実なので、カタリーナはキッパリと言い切る。

すると友人たちはつまらなさそうに背もたれにもたれ、扇子を開いて風を仰いだ。

「なあんだ。つまんない」

「今の反応、きっと何かあると思ったのだけれど……」

一旦は引き下がった彼女たちだが、ふと、一人が首を傾げた。

「エルガー様『とは』と言ったわよね？　では、どなたとなら何かあったの？」

「――っ！」

こういう時の女の嗅覚というのは、実に鋭いものである。

カタリーナはギクリと顔を強張らせて固まってしまう。

「だ、だ、だから、誰とも本当に何もないんだってば。――ただ、あれよ。みんなが、エルガー様の話をする時にやたらとジェラールのことも引き合いに出すから、おかしくて笑ってただけよ」

我ながら苦しい言い訳とは思いつつ、カタリーナはそう言ってパタパタとわざとらしく扇子を仰ぐと、

「そうそう、ジェラール様といえば……！」

友人の一人が何かを思い出したようで、ていよく話題を変えてくれたので、カタリーナは内心ほっとしながらティーカップに手を伸ばした。

「聞いた話なんだけれど、ジェラール様、騎士団を退団なさったのですって？」

「それよ、それ！　今日はその話もしたかったの。私が聞いたところによると、ジェラール様は隊をクビになったというのだけれど、それって本当なの？」

「私もそう聞いたわ。上官の不興を買ったからクビにされた、って」

「その上官というのはエルガー様のことで、どうやら舞踏会の日にジェラール様が彼の不興を買うような何かをなさったと聞いたのだけれど——」

「えっ——!」

みんなの話に、カタリーナはティーカップを持つ手が震え、テーブルに戻そうとした時にガチャッと大きな音を立ててしまった。

「今の話、本当なの?」

舞踏会の日に、ジェラールがエルガーの不興を買うようなこと——。

心当たりなら、ありすぎるほどにある。

『ええ、どうとでも。あなたには能力はなくても権限はおありのようですからね』

『ぬうっ——! 覚えていろよ、ジェラール。上官に向かってそのような口をきいたこと、永遠に後悔させてやる。お前の言う通り、俺には権限だけはあるからな』

あの時の不穏なやりとりが、まさか現実のものとなるとは。

しかもこんなに早く——。

「知らなかったの? フレデリック様あたりから聞いているかと思ったけど」

カタリーナの動揺ぶりに、友人たちも驚いていた。

「聞いてないわ、何も」

弟のフレデリックは騎士団の鍛錬に精を出しているようで、ほとんど家に帰ってこない。

帰ってきても、庭でひたすら体力作りに勤しんでおり、カタリーナと世間話をする暇などなさそうだ。

その後、話題は移ったが、カタリーナはジェラールのことが頭から離れなかった。

『その上官というのはエルガー様のことで、どうやら舞踏会の日にジェラール様が彼の不興を買うような何かをなさったと聞いたのだけれど――』

それって――。

それって――……。

ティーカップを持つ手が、カタカタと震える。

騎士団を退団したのが舞踏会の直後だというのが本当ならば。

数日前に街中でジェラールとバッタリ遭遇し、庭園にまでお邪魔したあの日、ジェラールはすでに退団したあとだったということになる。

あの時、ジェラールはそのようなことは一言も言わなかった。

（でも――）

よくよく考えれば、多忙なはずのジェラールがのんきに散歩などしてる時点でおかしいと気づくべきだった。

（――つまり、あの時はもう、クビになっていたってこと？）

私のせいで？

なのに、私のことを一言も責めず、散歩に付き合ってくれていたの――?

思えば、仕方なさそうに嘆息していたのは、退団を余儀なくされた張本人を前にしていたからだと思えば納得できる。

(私――私……)

なんということをしてしまったのだろう。

友人たちの会話などまるで聞こえず、カタリーナは指の関節が白く浮き出るほどに強く、カップの持ち手をつまんでいた。

＊＊＊＊＊

その夜、カタリーナはまんじりともせず夜を明かした。

昼間に聞いた話が頭から離れない。

もし本当なら、庭園を散歩した時になぜ言ってくれなかったのだろう。

『罰ですよ。僕を忘れた罰です』

ジェラールの低くかすれた囁《ささや》き声。直後に与えられた熱い口づけ――。

思い出すとカタリーナは胸の奥がきゅっと締め付けられ、たまらず寝返りを打った。

(どうして、あのようなことをするの――?)

『昔からあなたは、彼と喋る時はポーッとしてましたね。――今でも彼に憧れますか』

ジェラールの家庭教師に憧れたことなど、一度もない。

（むしろは今は私、ジェラールに――）

そこまで考えて、カタリーナはハッとなる。

……むしろ今は、私、ジェラールに憧れている――？

ガバッ、とカタリーナは寝台の上で身を起こした。

すらりと長い手足に、見かけよりも厚い胸板。小さな顔に整った目鼻立ちで、時折、慈しむように細められる涼しげな瞳。

ジェラールにまつわることなら、何を思い出しても鼓動がかき乱され、いても立ってもいられなくなる。

気がつくと、ジェラールのことばかり考えている。

『あと、離れている時に、考えようとしなくてもその人のことばかり考えてしまったりすれば、それはもう完全に恋だと言われております』

エミリアに言われたことを思い出し、カタリーナは、シーツの端をぎゅっと握りしめた。

（つまり、これが、恋というものなの……？）

その考えは、何のてらいもなく、すとんと胸に落ちた。

（私、ジェラールのこと……？）

明かりを消された薄暗がりの部屋の中、カタリーナは頬を真っ赤に染めた。

そんな自分が恥ずかしくて、誰もいないのに真っ白なシーツで顔を覆《おお》い隠し、足の先をバタバタさせてしまう。

だが、そんな興奮も、ジェラールが騎士団を退団になった話を思い出せば一瞬にして冷める。

友人たちの話が本当ならば、ジェラールが騎士団をクビになったのはカタリーナにも責任がありそうだ。

（とにかく、まずは本当かどうか確かめなくちゃ……）

一睡もできないまま、何度も寝返りを打ってはカーテンの隙間から夜空を眺《なが》めているうちに、しだいに空は銀色に照り出し、やがて朝を迎えた。

カタリーナは、決心した。

侍女を呼び、大急ぎで外出の支度を調えるよう頼む。

「おでかけでございますね。どのお召し物になさいますか。こちらですと、とてもお似合いでよろしいかと思いますわ」

「では、それにして」

着る物を迷う時間も惜しく、侍女の提案に適当に頷く。

それは小さな釦がいくつもある前開きのドレスだった。胸元まである釦を侍女が一つ一つ丁寧に留め上げるのももどかしく、カタリーナは他の侍女に指示を出し、馬車を出すよう命じた。

カタリーナを乗せた馬車は、緩やかに速度を落とし、アーヴォット邸の車寄せに停まる。先ぶれを出さずに突然訪問したにもかかわらず、アーヴォット家の人々は快く迎え入れてくれた。

「いらっしゃい、カタリーナ」

皺一つないフロックコートを優雅に着こなしたジェラールが現れると、カタリーナの鼓動が大きく跳ねた。

彼を好きだと自覚した途端、顔を見るだけで恥ずかしくて、でも嬉しくて、自分で自分の気持ちがわからなくなる。

と同時に、胸が塞がる思いもする。

この時間にジェラールが自邸にいるというのは、騎士団を退団したという何よりの証拠な気がして。

カタリーナを出迎えると、ジェラールは庭園を案内してくれた。

広大な緑の芝生は朝露で光る、海の水面のようななだらかな丘陵を、二人は肩を並べて歩いた。

身につけている香油の香りだろうか、時折、そよ風に乗って、ジェラールの方からシトラスの爽やかな香りが漂ってくる。そのたびにカタリーナは胸の奥がむずむずと蠢《うごめ》き、わけもなく緊張する。

「……」

二人の間を妙な沈黙が流れる。どこからともなく雲雀《ひばり》の囀《さえず》りが聞こえた。

「突然押しかけてごめんなさい」

「ふっ……、そんなこと」

ジェラールは柔らかい瞳で、軽く笑う。

「あなたなら、いつでも歓迎ですよ」

「なんでそんなに優しいの……？」

カタリーナは泣きそうになり、立ち止まると、俯《うつむ》いて唇を噛んだ。

「ん？　どうかしましたか？」

カタリーナの様子がおかしいことに気がついたようで、ジェラールが身を屈《かが》めてカタリーナの顔を覗《のぞ》き込む。

「——騎士団を辞めたって、本当なの……？」

前髪の間から、カタリーナはジェラールの瞳を真っ直ぐ見つめ、尋ねた。

本当は、もっと他の言い方を考えていた。

ここに向かう馬車の中で、カタリーナはどのように切り出せば良いのか随分悩み、考えていたのだ。

だが、本人を目の前にすると、余計な言い訳はすべてとっぱらわれ、出てきたのは単刀直入な言葉だった。

「ああ、あなたの耳にも入ったのですね」

ジェラールは納得顔で頷くが、なぜそのように平然としていられるのか、カタリーナには理解できない。

「どうしてそんなに平気でいられるの？　どうして私を責めないの？　だって、辞めたのは、私のせいなのでしょう……？」

「違いますよ」

ジェラールは半ば遮るように即答する。

「違わないはずよ。だって私、聞いたもの！」

優しいジェラールのことだ、自分に気を遣わせないように嘘をついているのだと、カタリーナはすぐにわかった。

「あの日の、エルガー様とのことが原因だと聞いたわ。それって、つまり私のせいじゃない！　私のせいで、ジェラールは――」

言葉にすると改めて悔しさがこみ上げ、地団駄を踏みたくなってくる。

「……では、もし本当にそうだとすれば、どうだというのです？」

ジェラールが真顔で尋ねた。

「えっ？」

「責任を取ってくれるとでも言うのですか」

「え――」

そのようなことはまるで考えていなかった。

ただ、謝ることとしか。

（でも、そうよね。私のせいで辞めさせられたのなら、何か責任を取らないと――）

カタリーナはごくりと唾を飲み込むと、意を決して頷いた。

「わかったわ。私、責任をとる」

「えっ」

今度はジェラールが驚く番だった。

「なぜ驚くの？　あなたが言ったのでしょう、責任を取ればいい、って。教えて。私、どうやって責任を取ればいいの？」

そうでもしないと、カタリーナとて気が済まない。

するとジェラールは軽く目を閉じ、ふーっと長い息をついた。

「では、遠慮なく」

そして、何か企みを思いついたような、黒い笑みを浮かべた。

カタリーナは強い意志を宿した瞳で頷き返す。

この際、どのような無理難題でも応じてみせる。

そう覚悟していたのだが——。

「私の相談に乗ってください」

「え」

ジェラールに言い渡されたのは、拍子抜けするものだった。

「相談？」

「ええ」

「でも、相談って……、私でいいの？」

「あなたでなければ務まりませんよ」

人生経験も乏しく、見た目だけでなく中身もまだまだ未熟で子供っぽいカタリーナが、他人の相談事に有益なアドバイスができるとは到底思えない。

だが、ジェラール本人が本当にそれでいいと言うのなら——。

「わかったわ。どんな相談でも乗るわ」

どうすれば騎士団に戻れるか、方法を考えてください。

騎士団の代わりに何をすればいいのか相談に乗ってください。

エルガーに仕返しする方法を……。

――そういった類の相談だと、カタリーナは思っていた。

自分には務まりそうにないが、できる限りのことはしよう。

そう覚悟したのだが、神妙な面持ちで口を開いたジェラールから持ちかけられた相談は、予想とはまるで違うものだった。

「実は、そろそろ婚約しなさいと両親がうるさくて、どうしたものかと困っているところでしてね」

「こ、婚約？」

「知っての通り、僕の両親は前衛的なんです。自由に相手を選んで良いと言ってくれているのですが……」

侯爵家嫡男が結婚相手を自由に選ぶなど、今の時代ではなかなか考えられないことだが、革新的な考え方の持ち主のジェラールの両親ならありえる。

「それに両親は、僕に愛する人がいることを知っていますから。どうせその人以外とは結婚する気になれないと諦めているのでしょう」

あまりにも当たり前のようにさらりと言うので、聞き流してしまいそうになったが。

「えっ！　ジェラール、好きな人がいるの？」

カタリーナは足を止めて固まってしまった。

「そんなに驚くことでしたか？」

急に立ち止まったカタリーナを振り返り、ジェラールは苦笑する。

「だって。だってジェラールなのに……」

カタリーナは口をパクパクさせていると、ジェラールは呆れ混じりにため息をつく。

「僕のことをなんだと思っているのでしょうね、あなたは。僕だって、いつまでも子供のままじゃないんですよ」

「そ、そうよね、あなたももういい歳だもの、好きな人の一人や二人、いてもおかしくないわよね」

「――一人しかいませんが」

ジェラールが不機嫌そうに何やら言い返すのは聞き流し、カタリーナは質問する。

「ご両親は、相手の方がどなたか知ってるの？」

本当はカタリーナ自身が知りたいのだが。

「知ってるでしょうね。僕は昔から、その方のことばかり話していましたから」

「そ、そう――。それで反対なさらないということは、ご両親も、相手の方を不服とされてないということかしら」

あくまでも相談にのっているのだ。少しでも相談員っぽいことを言ってみようと、カタリーナは慣れない知恵を振り絞る。

「ええ、そういうことなのでしょうね。むしろ両親は、この縁が結ばれれば喜ばしいことだと歓迎するはずです。——特に母上は、相手の方のお母様とそれはそれは親しくされてましたからね」

「ふ、ふうん、それなら、良かったわね」

胸が切り刻まれたかのように痛くて、切ない。ジェラールのことが好きだと自覚した直後に、このような仕打ちを受けるとは思わなかった。

早くこの話を切り上げ、家に帰ってベッドに突っ伏して泣きわめきたい気分だ。

だが、相談に乗ると約束した以上は、無理に切り上げるわけにはいかない。

「とてもかわいらしい人でしてね。いつも無邪気で明るくて、両親も大層気に入っています。家柄も釣り合わないわけではありませんし、あとは相手の方さえ是としてくれれば問題ないのですが、こればかりはなんとも……」

ああ、ミランダだ、とカタリーナは思った。

無邪気で明るくて、可愛らしくて。

それにミランダの母のレミントン公爵夫人はとても社交的で、交友範囲も広い。アーヴォット侯爵夫人と懇意にしていてもなんら不思議ではない。

（そういえば——）

あの舞踏会の日に、ミランダとダンスを踊っていたジェラールの姿を思い出す。

滅多に社交の場に顔を出さず、たまに出てもダンスを踊ることはないと言われているジェラールが、あの夜、唯一踊ったのがミランダだった。

（ジェラールが想いを寄せているのは、ミランダだったのね……）

自分に言い聞かせるように、カタリーナは心の中で呟《つぶや》く。

「聞けばきくほど、あなたが何を悩んでいるのかわからないわ、ジェラール。家柄の問題もなく、あなたのご両親の反対もないのなら、縁談を調えればいいじゃない」

何が悲しくて、好きと気づいた直後に、彼の恋愛相談に乗らなくてはならないのか。

胸が苦しくなるのを覆《おお》い隠し、カタリーナはつとめて明るく振る舞った。

「そうできるなら、とっくにそうしてます」

だがカタリーナの心中も知らず、ジェラールは吐き捨てるように言う。

「ただ、彼女の方が、まるで僕を相手にしてくれないのです」

「まあ！　そんなわけ――」

王都一の人気を誇るジェラールが、何を気弱なことを言っているのか。そんなわけない、と一笑に付しかけたカタリーナだが、存外に真剣なジェラールの目を見て、カタリーナは口をつぐんだ。

「そんなわけがあるのですよ。彼女は僕のことなど歯牙にもかけず、僕の目の前で平気で他の男の誘いにのってしまうのですから」

そういえばあの日、舞踏会で、確かにミランダはジェラールの他にもいろんな男性と踊っていたと思い出す。

（うーん、でもあれは、そういうわけではなさそうだけど――）

ミランダは何人かの若者とダンスに応じていたが、カタリーナの見る限り、社交の場でのマナーとして応じていたようにしか思えない。

「その方はきっと、誘われたから断れなかっただけで、深い意味はないのじゃないかしら。だから、他の男性と踊っていたからと言って、ジェラールよりも他の方に想いを寄せているとかそういうことではないと思うの」

恋愛体験など一切なく、書物で見聞きしたことと言ってもせいぜいおとぎ話ぐらいしか知らないカタリーナがいっぱしの恋愛論を語るのは甚《はなは》だおかしいのだが、しょんぼりと力なく笑うジェラールを見ると放っておけず、なんとか勇気付けようと必死で言葉を紡ぐ。

「はっきりと思いを伝えてみればいいかがかしら。あなたに愛を打ち明けられて、受け入れない女性などいないわ」

「あなたがそれを言うのですね。残酷な人だ」

ジェラールは何やらぼそりと呟いたが、カタリーナには聞こえなかった。

「え？　ごめんなさい、今なんて？」

するとジェラールは小さくため息をつき、先ほどとは違うことを口にした。

「――愛しています、カタリーナ。僕と結婚してください」

「――！」

やおら真顔でそう言われ、カタリーナは固まってしまった。

(ど、ど、どうして？　なぜいきなりジェラールは私にそんなこと――！)

目を見開いて固まっているカタリーナの反応に、ジェラールは苦笑いを浮かべた。

そんな彼の表情を見て、カタリーナは落ち着きを取り戻す。

(なんだ、そういうことね)

一瞬、自分に向かって言われたのかと思って舞い上がってしまったのが恥ずかしい。

カタリーナは軽く咳払いをして居住まいを正すと、にっこりと余裕の笑みを浮かべてみせた。

「そうね、まあまあなんじゃない？　ただ、本番ではそんな怖い顔をしないで、もっと優しく微笑みながら言うといいと思うわ」

これは練習に過ぎなかったのだ。ただ、カタリーナを相手に練習してみただけ。

(まったく、紛らわしいのだから)

「といっても、本当に好きな方が相手なら、自然と優しい表情になるだろうから、気にしなくてもいいんじゃないかしら」

「――そうですか」

「自信を持って、ジェラール。先ほどの言葉、あなたほどの男性に言われたら、誰だって舞い上がってすぐに頷くに違いないもの！」

現にカタリーナも、これが練習だと気づかなければ喜んで「はい」と答えてしまうところだったのだから。

だが、カタリーナがそう言っているにもかかわらず、ジェラールの表情は重かった。

「そのように慰めてくれるのは嬉しいのですがね。――僕にはもう、どうすれば良いのかわからないのですよ」

「どうして？」

「思い切って愛の言葉を打ち明けてみたのですが、まるで本気に取られませんでしたからね。もう、お手上げです」

「そ、そうだったの――」

おどけた口調で両手を上げて肩を竦《すく》めるジェラールだったが、カタリーナの胸には絶望が広がる。

（ジェラールはもう、ミランダに気持ちを打ち明けたのね）

この流れから察するに、ミランダはジェラールの思いを退けたのだろう。

「わかったわ、ジェラール」

カタリーナは軽く目を閉じると、ゆっくりと瞼《まぶた》を上げた。

ミランダの良さなら、自分が誰よりも知っている。ミランダはジェラールに愛されるに足る、素敵な女性だ。

そして、ジェラールの魅力も十分に知っている。

二人のことをよく知っているカタリーナなら、きっと、二人の橋渡しができるだろう。

「その恋、私、協力してあげる！」

本当は、嫌だ。

でも、それでジェラールが幸せな結婚ができるなら――。

カタリーナは、痛む気持ちには目を背け、精一杯の笑顔を取り繕った。

それなのに――。

「……協力、ですか」

あまり嬉しくないのか、虚を突かれたような顔をして、ジェラールが注意深く聞き返す。

「ええ。あなたがミラ……じゃなかった、想い人と結ばれるよう協力するわ」

危うくミランダの名前を出しかけたが、慌てて言い直す。

ジェラールの想い人がミランダだと気づいていることは、まだ言わない方がいいだろう。

(私の大好きな二人がくっつくのだもの、考えてみれば最高のことよね)

自分にそう言い聞かせて。

「――そうですか」

落胆の色を隠そうともせず、ジェラールは大きく肩で息をついた。

(――あれ？　私、何か間違ったかしら――？)

自分のような経験の乏しいものに応援されても無駄だと思われているのかもしれない。

「それに、さっきみたいに、私を練習台にしたっていいのだから」

ジェラールに失望されたくなくて、思いつきでそう口走ると、

「へぇ。あなたが練習台？　本当にそんなこと、できるの？」

ジェラールは片眉をぴくりと動かし、面白そうに口角を上げた。

「で、できるわよ、それぐらい。私を恋人だと思って、さっきみたいにプロポーズでもなんでも試してみればいいじゃない」

「では、やってみましょうか」

「え、ええ、いつでもどうぞ」

たじろぎ、目を泳がせているカタリーナとは対照的に、ジェラールは余裕の笑みを浮かべている。

ジェラールはくすりと笑うと、カタリーナの腰に手を回した。

「――っ!?」

驚き、身を強張らせると、

「愛し合う二人は、こうして歩くものだと以前読んだことがあるのですが――もしかして

知らなかった？」

「し、知ってるわよ、それぐらい！」

ムキになって反射的に言い返したが、そういうことに疎《うと》いカタリーナが、本当は知っているわけがない。

「ふっ……。さすがカタリーナ。物知りですね」

「あ、当たり前じゃない！　私、あなたより二つも年上なのよ！」

「ああ、そうでしたね」

くくとジェラールは喉の奥で笑っていたが、カタリーナはそれどころではない。

腰のあたり、彼の腕が触れている部分だけがじんじんと熱を帯びてきて、腰が砕けそうになる。

そうして腰に手を回されたまま歩き続け、ハーブ園を抜けると、カタリーナは立ち止まり、息を飲んだ。

「綺麗――！」

開けた広場の向こうには、ジェラールの父が趣味で建てさせたという、東方の神殿を模した建造物があり、その手前では、小ぶりの花が足元一面に広がっていた。何種類もの球根が植えられているようで、黄色、白、薄紅色、紫色、目にも鮮やかなオレンジ色――と、色とりどりの花が目を楽しませてくれる。

カタリーナはその花畑の中に駆け寄ると、しゃがみ込み可憐に咲く花々を間近で愛でた。

小さな五弁の丸い花びらが光に向かってぱっかりと開いている様《さま》は、どれも迷いがなくて、心がすくようだった。

「これはオキザリスですよ」

ゆっくりと追いついたジェラールは、カタリーナのすぐそばに腰を下ろす。肩が触れるほど近くて、カタリーナの意識は全てそこに集中してしまう。

「そういえば、前回はオキザリスを案内するという話でしたのに、しませんでしたね」

「ああ、そういえば前に、家庭教師の方がそうおっしゃってたわね」

それなのになぜ前回は見そびれてしまったのだろうとふと考え、

『物覚えの悪いお嬢様には、罰を与え続けるしかないでしょうね』

あの日の妖艶なジェラールの声が蘇り、身体の奥がじゅわりと疼いた。

「――あなたは、彼のことを思い出すと、そういう顔をするのですね」

「えっ？」

隣を振り向くと、ジェラールが忌々しそうに口元を引き結んでいる。

「そんなにも、彼が忘れられませんか」

「待って、誰のこと――？」

「あなたが誰を思っていようとも、今は、僕の恋人の練習台です。よそ見はやめていただきたい」

「──っ」

──練習台。

そう、自分は練習台に過ぎないのだ。

これほど身体を寄せ合い、距離を近くして同じ花を愛でていても、心の距離は遠い。

「ご、ごめんなさい」

カタリーナは、舞い上がりかけていた気持ちを落ち着かせ、必死で会話の糸口をたぐる。

「それにしても、オキザリスって、花も綺麗なのね。知らなかったわ」

色のバリエーションがこんなに豊富だったとは知らず、カタリーナは感嘆した。

「逆に聞きますけど。花を愛でる以外に、使い途があるのですか」

「あるわよ！　昔はよく、おまじないに使ったわ」

「へぇ。おまじない？」

ジェラールが笑いを堪《こら》えて尋ねるので、カタリーナは小さく頬を膨らませる。

「どうせ子供っぽいと思ってるんでしょう」

「思ってませんよ」

「嘘よ。ジェラール、バカにして笑ってるじゃない」

「可愛いなって思ってるだけですよ。バカにしてるわけではありません」

「――！」

不意打ちすぎる甘い言葉に、カタリーナは調子が狂い言葉に詰まる。

「えっと、そう、あれよ！　オキザリスの話だったわよね。えっと――」

照れ臭くてあたふたするカタリーナの肩に、ジェラールは腕を回してそっと引き寄せた。

「――っ！」

びっくりしたが、これも、恋人同士の練習の一環なのだと思うと、浮き足立っていた心が冷や水を浴びせられたように急速にしぼむ。

「オキザリスのおまじないというのはね、葉っぱや茎をすり潰して、滲み出た汁で鏡を磨くの。その時に、会いたい人の顔を思い浮かべながら磨くと、会えるのですって」

落ち着きを取り戻し、冷静に説明すると、

「へえ」

途端に、ジェラールの顔から笑みが消えたが、気づかずカタリーナは喋り続ける。

「大きくなってから聞いたのだけど、オキザリスの茎には酸だとか、不思議な成分が含まれてて、それが鏡を綺麗にしてくれるんですって。もちろんそんなことは知らなくて、昔の私は懸命に鏡を磨いていたものよ」

「ふーん」

すっかり関心が失せたのか、ジェラールは気の無い返事をした。

と思いきや、肩に回した腕に力を入れ、カタリーナの顔を覗き込んで尋ねる。

「妬《や》けますね。その頃のあなたは、誰に会いたくてそのおまじないをしていたんですか」

「――」

カタリーナは黙ってしまう。

「それは――。恥ずかしくて、言えません」

小さな声で呟くが、見逃してくれるジェラールではない。

「ん？　聞こえませんね。もう一度」

「お願い、それは恥ずかしくて言えないわ」

カタリーナは顔を真っ赤にして懇願するが、それは逆に嗜虐心《しぎゃくしん》を煽るだけだと本人は気づいていない。

「教えて、カタリーナ」

目を眇《すが》め、低められた声でそう囁かれると、抗えない。カタリーナは観念して白状した。

「――ノームに、会いたかったの」

目を伏せ、カタリーナは小さな声で呟く。

「ノーム⁉」

「ええ。地中に棲む小人のノームよ。何か文句はあって？」

案の定、ジェラールに素っ頓狂な声を出され、カタリーナは開き直った。

「だってノームは宝物を上手に掘り当てるし、世界中のことならなんでも知ってるぐらい物知りだっていうじゃない。そんなノームとお友達になれたら、楽しいだろうなぁって思ったのよ」

病弱で、外遊びもままならないカタリーナにとって、室内でできる遊びは限られていた。弟のフレデリックが見舞いにとオキザリスを摘んできてくれたのを、おまじないに使って気を紛らわせることが多かった。

「ノームなら身体も小さいし、窓の隙間から部屋にも入ってこられるでしょう？　それに、そんなに物知りなら、退屈しないと思わない？」

ベッドに寝たきりだったカタリーナは、しばしば、もし本当にノームと友達になれたら――と想像して楽しんでいたものだ。

……と、当時のことを思い出していたら、突然、ふわりとあたたかな温もりに包まれていた。

「ジェ、ジェラール⁉」

戸惑い、腕の中でもがくが、

「ああ、ごめんなさい。あなたがあまりにもいじらしいことを言うものだから、我慢できなくて――」

口先でこそ謝るが、ジェラールは腕の力をゆるめてくれない。

首元に顔を埋められているものだから、息がうなじにかかり、カタリーナは変な気分になる。だが、それは決して嫌な気分ではなかった。

柔らかな風が吹き、幾千ものオキザリスの花が小さく揺れる。

はたから見れば、それはまるで観衆が拍手を送っているようにも見えた。

しばらく抱き合っていると、

「きゃぁっ！」

冷たい何かがポツンと首筋に触れて、カタリーナは飛び上がって驚いた。

見上げると、いつの間にか空は黒く濁った雲に覆われていて、耳をすませばかすかに遠雷が聞こえる。

ぽつ、ぽつん、と追って数粒ほど落ちてきたと思う間もなく、突然、ざざあっと激しい音を立てながら雨が降ってきた。

「きゃっ！」

前触れのない大雨に、再びカタリーナは声をあげてしまう。

「カタリーナ、こっちに」

言うが早いか、ジェラールは上着をさっと脱ぐとカタリーナの頭にすっぽり被せ、腕を引いて立ち上がらせる。

「あそこで雨宿りしましょう」

ジェラールはカタリーナをひょいっと抱え上げ、カーテンのように降り注ぐ雨の中を、長いストライドで駆け出した。

「あっ、待って、降ろして――！」

「しっかり摑まってください、カタリーナ。落ちますよ」

ジタバタともがくカタリーナを一蹴し、ジェラールは広場を横切る。

「は、はい――！」

カタリーナは慌ててジェラールの首に腕を回し、しっかりと摑まる。

細く見えた首も、触れてみると固くて頼もしい。

雨脚は激しく、みるみるうちにドレスも水分を含んでずっしりと重いはずなのに、それをものともせず、ジェラールは走り続けた。

よく鍛錬された身体なのだろう。騎士団で若手きっての出世頭だというのも頷ける。


建物に着くと、ようやくジェラールは降ろしてくれた。

真っ白な大理石を基調とした建物は屋根がドーム状になっており、壁には象牙や宝石が惜しげもなく嵌《は》め込まれている。

間近で見ると繊細な彫刻が施されているのがわかる。

描かれているのは、異国の果実や植物の絵がほとんどだ。アーヴォット侯爵が愛してやまない、東国ゆかりの植物なのにちがいない。

アーヴォット侯爵はこの建造物を何よりも大切にしており、よほど懇意にしている友人をもてなす時以外は、普段は家族でさえも立ち入り厳禁となっている。

「そういえば——知ってますか、カタリーナ。秘密を共有すると、恋人同士の絆が深まるそうですよ」

「秘密の共有？」

わかるようでわからない。

カタリーナがきょとんとしていると、

「ええ。秘密の共有。例えば——」

そう言ってジェラールは、建物の扉に手をかけた。

ぎぎぎ、と軋《きし》んだ音を立てながら、扉はゆっくりと開く。

「さあ、どうぞ」

ジェラールは片手で扉を押さえたまま、中に入るようカタリーナに促すので、

「ダメ、ダメダメダメ！　ここは入っちゃいけないところでしょう？」

「ええ、ですから、僕たちが今からここに入ることは誰にも秘密です」

口元に人差し指を当て、ジェラールが秘密めかして答える。

「でも、だって、ここは——」

ここは、ジェラールの父が殊の外大切にしている場所で、勝手に入ることは許されないはずだ。

「ええ。見つかったら大目玉でしょうね。僕も、あなたも」

慌てるカタリーナには構わず、ジェラールは平然と言ってのけた。

「だったら――」

「だから、入るのですよ。言ったでしょう、愛し合う二人にとって秘密の共有は絆を深める、と。恋人同士なら、絆を深めなくてはね」

「でも……」

自分たちは、愛し合う二人でもなければ、本物の恋人同士でもない。

それなのに絆を深めることに意味などあるはずがない。

そう思ったカタリーナだが、

「わかったわ」

心とは裏腹に、ジェラールに促されるままに建物の中に入った。

理由は、ただ一つ。

少しでも長く、ジェラールと二人きりで過ごしたかった。あわよくばこれで二人の絆が深まり、ジェラールの気持ちが自分に向くかもしれない――。

そんな淡い期待さえ抱いてしまっている。

（協力するだなんて大嘘だわ）

カタリーナは自分で自分に呆れた。

＊＊＊

東国の神殿を模した建造物は、異国情緒溢れる外観に違わず、中もまるで異世界だった。水色と黄色と桃色の小石をちりばめた、モザイク模様の床。壁紙はモスグリーンを基調とした蔦模様で、このあたりでは馴染みのない柄だ。壁も絨毯も、見たこともないような色合いを多用しており、まるで非日常の世界に来たかのようだ。

部屋の中央に誂《あつら》えられた黒檀の寝台が存在感を示していた。その寝台のそばに畳んで積み上げられていたタオルを手に取ると、ジェラールはまずカタリーナの頭と身体を拭《ふ》いた。

「ありがとう、ジェラール」

ジェラールに身を任せていたカタリーナだが、タオルに染み込んでいる香りが鼻をかすめるたびになぜか頭がクラクラして、意識が靄がかかったような、変な気持ちになる。

「タオルまで、この部屋と同じ香りがするのね」

この部屋には不思議な香りが満ちている。

それは扉を開けた時からで、これがなんの香りなのかずっと気になっていた。

「この香りが気になりますか」

鼻をウサギのようにひくつかせて嗅いでいるのがおかしかったのだろう、ジェラールがくすくす笑った。

「異国の香木だそうですよ」

そう言って、ジェラールは部屋の隅を顎でしゃくって示す。

見ると、部屋の隅に金属製の香炉が置かれていた。香炉の台座の部分は象で、そして器の部分には龍でかたどられている。近づくと、香炉に残された香木からほのかに甘く、それでいて刺激的な香りが漂っていた。

「気に入りましたか？」

「ええ。不思議な香りね」

花の蜜のような甘くて誘惑的な香りの中に、ピリッと一粒、スパイスを利かせたような香りだ。

自ら好んで身につけるような類の香りではないが、嫌いではない。

カタリーナは感じた通りに伝えると、ジェラールの瞳が熱っぽく揺らいだ。

「ならば、これを焚いてみましょうか」

「勝手に触ってもいいの？」

この建物の中に入っただけでも、見つかれば大目玉を食うだろうに、中のものを勝手に触ってはどれだけ叱られるやしれない。

「見つからなければ構いませんよ」

ジェラールは余裕の笑みを浮かべてマッチを擦ると、香炉を焚いた。

じきに、一筋の細く白い煙を燻《くゆ》らせながら、蠱惑的な香りが部屋に広がり始めた。

その間に、カタリーナは部屋の家具から家具へと見て回り、珍しい調度品を眺めては子供のようにはしゃいでいた。

滑らかな象牙で作られた精巧な動物の細工や、持ち手の部分が龍をかたどっている吹きガラスのグラスなど、この国では見かけないようなものがたくさんあり、飽きない。

はしゃぎ回るカタリーナとは対照的に、ジェラールはソファにゆったりと腰掛け、余裕の笑みを浮かべている。これではどちらが年上かわからない。

「ジェラール、見てみて！　この子たち、何でできていると思う？」

珊瑚や貝殻を組み合わせて作られたフクロウやウサギ、カエルたちを、カタリーナは一つ一つ手のひらに載せて愛でる。

「このウサギ、よく見たら手や足まで貝殻でできてるのよ。とっても可愛いわ」

親指の先ほどの大きさしかないのに、細かいところまで非常によくできている。

カタリーナは半ば興奮しながら、そのウサギの細工を手のひらに載せて、ジェラールのそばまで近づき、見せに行った。

「うん、本当だ。可愛い」

「――!」

するとジェラールは、カタリーナの腕を摑んでぐいっと引っ張り、無理やりソファに座らせる。

「えっ、ちょっ、ジェラール――!」

ソファに深く腰掛ける形になると、ジェラールはカタリーナの頬にチュッと唇で触れた。

「可愛いです、カタリーナ」

さっきまではしゃいでいたカタリーナは、すっかり固まってしまう。

ジェラールはくすりと笑い、カタリーナが握りしめたままでいたウサギの細工をそっと抜き取ると、サイドテーブルに置いた。

「可愛い声、もっと聞かせて」

「ど、どんな声……」

動揺するカタリーナの頬をジェラールは両手で挟み、唇を重ねる。

「ん――ふぅ、んっ……」

「ふっ。その声ですよ」

ジェラールはにっこりと微笑むと、啄《ついば》むようなキスを繰り返した。

「んんっ、んぁっ……んっ」

唇を軽く合わせられただけなのに、身体の奥がじんじんと熱を帯びてきた。

鼻から抜けたような甘い声が上がり、カタリーナの身体からくったりと力が抜けていく。

「んんっ、はぁ、ぁあああん――」

まだキスしかしていないのに、じゅわりと身体の芯から何かが溢れて出してくる。

（これ、何？　ど……して――）

なぜだろう、身体の奥が疼き、痒みにも似たもどかしさが下肢の間で蠢《うごめ》く。

「はぁ、んん、ん、ぁはぁん――」

「つらいの、カタリーナ」

口づけに応えながら肩を上下させて浅い呼吸を繰り返していると、ジェラールが唇を離して尋ねた。

「香炉を消しましょうか」

「ん……？　こ、ろ――？」

香炉がどう関係があるというのか。

聞き返そうとするが、舌がもつれてうまく喋ることができない。

「あの香木には、気持ちを高揚させる作用があるのですよ。」

「高揚――？」

「端的に言えば――いやらしい気分になる香り、です」

「……っ」

まさに今、自分でもどうしようもないほどに淫らな気持ちがこみ上げているカタリーナは、図星を指されて真っ赤になる。

「効く人と効かない人がいるそうなのですが、もしかして、あなたには香りが効いてきているのではありませんか」

「――！」

肯定すれば、自分がはしたない気持ちになっていることを認めることになる。

カタリーナは黙りこくって俯《うつむ》いた。

だが、目の前がぐるぐると回り、身体が勝手に揺れる。さらに、腿の間がむずむずして我慢できず、もじもじと擦り合わせてしまう。

「ふっ――子供じゃあるまいし、じっと座っていられないのですか」

ジェラールに意地悪く指摘され、カタリーナはますます赤くなる。

「はぁ、っ、っ、んんっ――」

息が荒く、激しくなる。

「苦しくなってきたのでしょう」

その通りで、カタリーナは小さく頷いた。

「あちらで横になって休憩しますか？　……楽になりますよ」

含みを持たせた物言いで、ジェラールは部屋の奥で存在感を示す、黒檀の寝台を指す。

カタリーナはごくりと息をのんだ。ジェラールの言う休憩が、何を指すのか。今のカタリーナなら理解しているということを、彼は知っているはずだ。

その上で、ジェラールはカタリーナに選ばせるというのだ。

「これも、恋人の、練習だから――?」

そう尋ねると、ジェラールは表情を消し、言葉に詰まった。

「――ええ、そうですよ」

少しの間の後、ジェラールは張り詰めた声でそう答えた。

（あぁ……）

わかってはいたけれど、言葉にされると虚《むな》しさが広がる。

カタリーナは無言で立ち上がり、寝台に向かって歩き出した。

だが、足元がふらつき、二歩も進まないうちに身体が大きく傾ぐ。

「僕に摑まって」

ジェラールがふわりとカタリーナの肩に手を回す。カタリーナは脚がガクガクと震え、立っているのもやっとで、ジェラールにしがみついた。

倒れ込むようにしてカタリーナが寝台に横たわると、ジェラールも寝台の縁に腰掛けた。

その動きに合わせて、ぎしっ、と寝台が軋《きし》む。

「カタリーナ」

ジェラールがカタリーナの名前を口にした。その声が優しく柔らかく耳に響き、カタリーナは胸を締め付けられる。

どうして、そのような声で名前を呼ぶのだろう。

(本当は、その眼差しは私ではなくミランダに向けられるはずなのに……)

眦《まなじり》が涙で滲む。

「……っ」

ジェラールは顔を歪《ゆが》め、カタリーナの頬を濡らした涙を親指でぐいっと拭《ぬぐ》うと、荒々しく口づけた。

「んんっ――――!」

唇がぴったりと重なり、ジェラールの舌先がゆっくりとカタリーナの唇の裏側をなぞるように舐める。

「んぅ――、は、ぁあ……んっ」

いつのまにかジェラールはカタリーナに跨《また》るように覆《おお》いかぶさり、口づけを深めていく。

「……ぁ、ん、ふぅ、ん――」

唇を浮かせると、ジェラールは今度は瞼《まぶた》に口づけを落とし、そのまま耳朶へと唇を這わせる。

くすぐったくてカタリーナが思わず身を捩《よじ》り、顔を大きく反らせると、すかさずジェラールは露《あら》わになった真っ白な首筋をつぅっと舐めた。

「はぁぁぁああん！」

細かく身体を震わせながら、あられもない声をあげてしまい、カタリーナは両手で顔を覆って恥じる。

「こんなところまで感じるのですね」

「やっ、言わないで……」

ジェラールは大きな手で乳房を包み込み、揉み上げる。片手で布地越しに優しい刺激を与えながら、もう片方の手で手際よくドレスを剝いだ。

「ああ、綺麗だ――」

まろび出た乳房は真っ白で、媚香の効果か、すでに尖りきった桃色の乳首はツンと上を向いている。

甘く誘うその可憐な蕾を、ジェラールはそっと口に含んだ。

「ジェラール、やめ、て、ぁぁあん……」

背中に手を這わせ、脇腹を指先で撫で上げられる。

「はぁ、ぁあ、ぁあん……！」

全身が見る間に敏感になっていき、どこを触れられても声が漏れる。

「こんなの、やっ、恥ずかしい、ん、ふぅっ――」

　きつく唇を噛みしめ、声をあげないよう必死で抑えているのに、歯の隙間から熱い息が漏れる。

「あなたがいやらしいわけじゃない。この香りのせいです」

「んっ、んん――」

「だから、気にしないで。僕を、もっと感じて」

「だって、こんなの私じゃない……んんぁんん」

　逃れようとしても、ジェラールに足の間に割り込まれているので、身動きが取れない。

「どんなカタリーナも可愛いですよ」

　乳房を弄《もてあそ》んでいた指が離れ、下腹部へと狙いを定める。

　茂みをかき分け、花弁を押し広げると、指先が濡れそぼった花芽をかすめた。

「ぁぁあぁあん……！」

　親指を擦りつけ、円を描くようにぐりぐりと花芽を弄《いじ》られると、カタリーナの身体がびくりと跳ねた。

「ああ、僕を感じてくれているのですね。嬉しいです」

　ジェラールは妖艶に微笑むと、不意に身体を沈め、腿の間に顔を埋めた。

「ぁぁ、いやあ！」

ぷっくりと赤く膨らんだ花芽を舌先で突かれる。

蜜口がきゅっと締まり、中から蜜液がとっぷりとこぼれだす。

それをジェラールはピチャピチャと音をたてて舐め上げた。

「そこ、舐めちゃ、や……ぁ」

「ふっ。こんなにどろどろに濡らしておきながら何を言ってるのか」

息を吹き掛けながら笑い、ジェラールはわざとじゅるりと水音を響かせながら、花芽をきつく吸い上げる。

「はぁあぁん！」

カタリーナは身悶えし、びくびくと身体を震わせる。

「こんなの、やっ、見ないで、ジェラール……！」

「香りのせいにして、安心して乱れればいい」

花蕾を固く尖らせた舌先でつつきながら、ジェラールは蜜口に指を差し入れた。

たった一度、指を受け入れただけのそこは、すでに熱く昂《たか》ぶり、蜜液で十分に潤されているが、青い果実のようにまだ固くて狭い。

ジェラールは差し入れた指をぐるりと大きくかき回し、媚襞に指を滑らせた。

「んぁ——あっ……！」

カタリーナの腰が大きく跳ねる。

ジェラールは満足げに笑むと、指を二本に増やした。

「やっ、あっ、ぁあん……」

絶え間なくこぼれだす蜜液を、愛襞に塗りたくるように、ジェラールは指の動きを激しくする。

「んぁあああん、んん、ふぅん――！」

与えられる刺激に身を委ね、カタリーナはすっかり快楽に翻弄《ほんろう》されている。

やがてジェラールは、探り当てた一点を指先で突き、引っ掻いた。

「あ、――んんぅ……！」

カタリーナの身体が大きく引き攣《つ》り、熱い蜜がたっぷりとジェラールの指を濡らす。

「ぁ、ジェラ、ル、んんっ……！」

蜜はとめどなく溢れ、敷布に大きな染みが広がった。

身体の先まで痺れて力が入らない。

それなのに、身体の芯はまだまだ足りないと叫ぶようにどくどくと熱い疼きを送り出す。

ふいに、媚壁を弄んでいた指が一気に引き抜かれた。

と同時に荒々しい衣擦れの音が響き、見上げたカタリーナの視界に飛び込んできたのは、
衣服を脱ぎ捨てたジェラールの姿だった。

逞《たくま》しい胸元は彫刻のように筋肉が漲《みなぎ》り、玉粒のような汗を弾いている。

　ジェラールはカタリーナに覆いかぶさると、強く抱きしめた。

「――っ……！」

　ジェラールから匂い立つむせ返るような雄の香りと、部屋に満ち溢れる媚香で、カタリーナは頭がくらくらする。

「カタリーナ……」

　吐息混じりに名を呼ぶと、ジェラールはそそり勃つ雄芯をカタリーナの中心に宛てがい、ゆっくりと身を沈めた。

　熱い塊が、濡れた入り口をぐっと押し拡げるのを感じる。

「はぁっ――ん！」

「力を抜いて……」

　額に汗を浮かべながらジェラールが言うが、

「そんなの、無理よ――」

　身体が内側から押し潰されるような感覚に、息が詰まりそうだ。

　自身の先端を挿入したまま、ジェラールはカタリーナの首筋に顔を埋め、熱い唇を這わせる。

「ん――」

　心地よい刺激にカタリーナが気をとられた一瞬、ジェラールは腰を押し進めた。

「んっ、ぅんん――ッ」

熱い圧迫感に、自然と涙が浮かんでくる。ジェラールはそれをぺろりと舐め取ると、ふうっと大きく息をついた。

「全部入ったよ、カタリーナ」

そのまま、愛襞に雄芯の形をなじませるかのようにジェラールは腰の動きを止め、代わりに指で、唇で、カタリーナの耳や乳房を愛撫する。

「ふぅっ、んん――！」

甘い刺激に身体を跳ねさせると、

「っ、カタリーナ、締め付けないで――」

ジェラールが苦しそうに呻《うめ》いた。

そんなことを言われても、締め付けたりした覚えのないカタリーナは困ってしまう。どうすればいいのかわからず涙目になっていると、

「ああ、可愛い。……優しくします。だから力を抜いて、僕に全て預けて」

そう言ってジェラールは唇を塞ぎ、柔らかな舌で優しく歯列をなぞる。

舌を吸い上げられ、優しく口内を蹂躙《じゅうりん》されているうちに、徐々にカタリーナから余分な力が抜けていく。

「そう、上手ですよ、カタリーナ」

唇を離し、にっこりと微笑むと、ジェラールはゆるゆると腰を動かし始めた。

「ん、んぁっ――んっ」

ゆっくりと、気遣うように突かれ、痛みが少しずつ甘い痺れに変わっていく。

「ああ、カタリーナ……」

うっとりとジェラールが声を漏らし、カタリーナの髪を愛おしそうに梳いた。

「んっ、ジェ、ラール――」

たまらず名を呼ぶと、ジェラールの瞳が熱で揺らぎ、同時に胎内の塊が質量を増した。

「ぁ……ぁう――ん！」

ジェラールは華奢な腰を抱え直し、徐々に動きを速めていく。

「ん、んんっ、んぁっん――ぅ」

それは次第に突き上げるような動きに変わり、肉襞を擦り上げる。

ジェラールは繋がっている部分に手を伸ばすと、存在を主張する肉粒をつるりと撫でた。

「ん、んぁあああんっ」

途端に全身を突き抜ける快感に、カタリーナは背中を大きくのけぞらせた。

「中と外、どっちが気持ちいい？」

ジェラールがいたずらめかした声で尋ねるが、

「そんなこと、わか、んな――」

カタリーナはそれどころではない。

「ふうん、じゃあ、もう一回やってみようか」

花芽をぐりぐりと押し潰され、ビリビリと痺れるような快感が走ると、奥で何かが弾けたような感覚に襲われた。

「ふっ。外の方が好きなんですね」

ジェラールは口角を上げると、腰の動きを激しくしながら、肉粒を摘むように弄った。

ぬるり、と大量の蜜が中から溢れ出したのがわかる。

「すごいね、どんどん溢れてくる。わかりますか、カタリーナ」

「やっ、意地悪、言わないで……ん――んっ」

じゅぷ、じゅぷ、と粘液の泡立つ卑猥《ひわい》な音をたてながらジェラールは腰を揺すり、奥を突き上げ、押し回す。

「ふっ――っふぁ、……あ――ん」

どんどん甘くなる自分の声に、カタリーナは耳を塞ぎたくなる。

「こんなの、やっ、私、おかしい――」

「ふっ、全て香木のせいですよ」

「ん……ぁん――っ」

「だから余計なことは何も気にしないで。あなたはただ、感じていればいい――」

本当は、カタリーナも自覚していた。

これが香木のせいだけではないということに。

ジェラールの色香に惑わされてるってことに。

「ジェラール、は――?」

「ん? 何ですか、カタリーナ」

腰を打ちつけながら、ジェラールが聞き返す。蜜のようにとろりと甘い声で名を呼ばれ、カタリーナは溶けそうになる。

「あなたには、このお香の効果、ない、の――? ふぅっ、んんっ……ん」

すると、ははっ、とジェラールは目を細めて笑った。

「僕にはお香なんて関係ありませんね」

大粒の汗を滴らせながら、ジェラールは深く穿《うが》つ。

「ど……して――」

「さあて、どうしてでしょうね」

同じ香りを嗅いでいて、なぜジェラールは平気でいられるのか。

自分ばかり乱れていることが羞恥心を煽り、カタリーナは全身を薄紅色に染めた。

熟れた桃のような色香を纏《まと》うカタリーナの凄絶な色気に煽られ、ジェラールは腰の動きを速める。

「んぁぁぁああっ！」

花芽のちょうど裏側のあたり、一番感じる一点を執拗に突かれ、カタリーナは正気を保っていられなくなる。

狭い膣をさらに押し広げられ、カタリーナは呻くように喘《あえ》ぎ、シーツをぎゅっと握りしめる。その手をジェラールが取り、指を絡めて握り直した。

「ん、ん、んぁぁぁっ――！　ジェ、ラー、ル、んん……」

「もっと僕の名前を呼んで、カタリーナ」

「ジェラール。ジェラール……！」

カタリーナは高みに登りつめた。

すべて香りのせいにして――。

悦楽の波に攫《さら》われ、カタリーナは溶けるように眠りに落ちた。

あどけないほどに穏やかな寝顔を見つめ、ジェラールはそっと息をついた。

「香りなどあってもなくても、僕はいつだって、あなたに欲情していると言ったら――僕のこと、軽蔑しますか……？」

そっとカタリーナの前髪を払い、可憐な額を露《あら》わにすると、ジェラールは優しく唇を押し当てた。

第七章　手強いライバル

名門ラザーフォード家は、国内に三家しかない公爵家の一つだ。

さすが国内でも有数の資産家とあって、エントランスホールは吹き抜けで、天井には当代随一の高名な画家による宗教画が描かれている。

壁紙も絨毯も廊下に飾られている彫刻も一つ一つが最高級の逸品で、約五年ぶりに訪れたカタリーナは、すっかり萎縮していた。

「今さら何をそんなに緊張しているのよ。昔はよく、ここで遊んでいたじゃない」

出迎えたミランダがくすくすと笑う。

「もう！　いつの話をしているのよ」

それは物心つくかどうかの頃の話で、分別のつく年齢に達すると、さすがにそのようなことはしなくなった。

「それにしても、いくら知らなかったとはいえ、こんなところを遊び場にしていたなんて当時の私たちはほんと罰当たりよね」

ぶつかって何かを壊したりせず良かった、と今さらながらカタリーナは胸を撫で下ろす。

ティールームに案内されると、

「わざわざお越しいただいてありがとう。どうぞゆっくりしていらしてね」

ミランダがもてなしの口上を述べ、二人だけのお茶会が始まった。

今日、カタリーナはミランダに招かれて、ラザーフォード家を訪れている。

朝食を食べ終えて部屋でのんびりしていたカタリーナの元へ、ミランダから招待状が届いたのだ。

朝から馬を走らせていたら珍しい木の実を見つけたらしく、それでお茶菓子を焼かせるので焼き上がる頃にお越しください、といった内容だった。

あまり活発なタイプには見えないミランダが朝から馬で出かけていたとは意外だったが、木の実の美味しいお茶菓子という言葉に釣られ、カタリーナは一も二もなく承諾した。

「美味ですこと――」

雪のように真っ白な陶磁器に、細筆で繊細な図柄が描かれたティーカップ。

顔に近づけると、茶葉の芳醇《ほうじゅん》な香りが匂い立つ。

香り高い紅茶を口にして、カタリーナは言葉遣いまで丁寧になる。

「ふふふ。気に入ってもらえてよかった。東国から取り寄せた特注の茶葉なの」

「――けほっ、ゴホッ」

途端にカタリーナは激しく咳き込んだ。

「まぁ！　カタリーナ、大丈夫？」

ミランダが心配そうにカタリーナの顔を覗《のぞ》き込《こ》むが、カタリーナは顔を真っ赤にして首を振る。まさか『東国』という単語を耳にしただけで、先日のジェラールの屋敷でのことが思い出されて取り乱したとは言えない。

「ごめんなさいね、なんでもないのよ」

あの日のことを脳裏から追いやり、カタリーナは笑顔を取り繕う。

「ところで、今朝見つけた木の実というのは、これのことね」

小皿に盛られたクッキーは、生地に木の実が練り込まれているようで、香ばしい茶色に焼き上がっている。

「ええ、それよ」

「ふふふ。楽しみだわ。いただきます」

カタリーナはにっこりと微笑みながら、まずは一口、小さく齧《かじ》る。

プチプチと弾ける感触の後、口いっぱいに山の恵みの香りが広がった。

「——おいしい！」

たまらず、カタリーナはもう一口囓りついた。

「今朝、森で見つけたのよ。カタリーナならきっと好きだろうなって思ったけど……そんなに喜んでくれて嬉しいわ。誘ってよかった。来てくれてありがとう」

「とんでもないわ。こちらこそ、誘ってくれてありがとう」

ミランダの笑顔には、人柄の良さが滲み出ているとカタリーナは思う。

「それにしても、ミランダが乗馬が趣味だとは意外だったわ」

小さい頃、ミランダはおとなしく内向的で、外で遊ぶよりも部屋の中で静かに遊んでいた。それもあって、カタリーナとミランダは親しくなれたのだろう。病弱で外を走り回れなかったカタリーナにとって、室内遊びが上手なミランダは、よき遊び相手だったのだ。

「あら、意外かしら？　私、馬は好きなのよ」

毎日、起きたらまずは愛馬で早朝の王都をひとっ走りするのが日課だと聞き、カタリーナはますます驚く。

「ミランダは毎朝馬に乗ってるの⁉」

「ええ。朝の空気は澄んでいて清々しいし、とっても気持ちいいの」

それからミランダは、馬で駆けるのがどれだけ楽しいか、馬との触れ合いでどれほど癒やされているか、熱く語ってくれた。

初めて聞くことばかりで、カタリーナは興味深く思いながら耳を傾けていた。

「――あ、ごめんなさい。私ばかり喋っちゃって」

「とんでもない！　楽しい話が聞けて嬉しいわ」

カタリーナは本心からそう答える。

「それに、こういう話ができて嬉しいわ。だって最近、みんなで集まるとすぐに舞踏会だとか恋だとかの話ばかりになるのだもの」

するとミランダが、申し訳なさそうにぺろりと舌を出して言う。

「あら、私は恋の話もしたいわ」

「ミランダにも好きな人がいるの？」

尋ねると、ミランダは頬をうっすらと色づかせ、はにかみながら頷いた。

見ているカタリーナまで照れてしまいそうになるほど可憐な仕草だった。

（ミランダ、可愛い。――ジェラールが好きになるのも、当たり前よね）

カタリーナの胸の奥がツキンと痛む。

「実はね――」

突然、ミランダは両手を膝の上に置くと、背筋をピシッと伸ばして口を開いた。

何やら真面目な面持ちなので、カタリーナまで姿勢を正し、ミランダの言葉を待つ。

「今日、あなたを呼んだのは、この話がしたかったからなの」

「この話？　って、木の実の話じゃなくて――？」

疑うことを知らないカタリーナは、額面通り、珍しい木の実を見つけたからそれをご馳走になるために呼ばれたのだとばかり思っていた。

だがミランダは静かに首を振り、思いつめた表情でカタリーナを見つめた。

「私の好きな人が誰なのかカタリーナには知っていてほしくて。——聞いてくれる？」

「……っ——。わ、わかったわ」

こんな真剣な顔で尋ねられて、断れるはずがない。

「彼は今日、鍛錬場にいるのですって。そこで話しましょう」

カタリーナは冷え切った紅茶を飲み干すと、重い足取りでミランダの後に続いた。

＊＊＊＊＊

鍛錬場に向かう馬車の中では、ミランダは緊張しているのか、口を一文字に引き結び、ドレスの上で拳をぎゅっと握りしめていた。

不自然なほどの沈黙に覆《おお》われていたが、カタリーナにはちょうどよい。

今は、のんきに世間話をする気にはなれなかった。

（ミランダの好きな人って、誰なのかしら）

知りたいという気持ちよりも、知るのが怖いという気持ちの方が勝る。

自分が好きなのはジェラールで、でも彼が好きなのはミランダで、自分は図らずもその協力をしているはずなのに、ミランダには別に好きな人がいて——。

ミランダの好きな人が判明すれば――ジェラールの失恋が決定すれば――「練習台」と称した協力はどうなるのだろう。

(――どうなるも何も、私には関係のないことね)

カタリーナはそっと嘆息した。

神殿を模した建物で抱かれて以来も、カタリーナはジェラールとたびたび会っている。

だが、あの日以来、彼は指一本カタリーナに触れない。

馬車の迎えを寄こしてアーヴォット邸に呼び、二人で広い庭園を静かに散策するだけだ。

ただ、それだけ。

そんなことでジェラールの恋の応援になっているとは思えず、いたずらにジェラールの時間を奪っているだけの気がしてならない。

『私、全然役に立ってないわよね。ごめんなさい』

『そんなことありませんよ。十分です』

一度謝ったこともあるのだが、ジェラールは優しく否定するので、カタリーナは余計に恐縮してしまった。

――そんなことに思いを馳せていると、車輪が石でも噛んだのか、車体が大きく揺れた。

「きゃっ！」

カタリーナとミランダは同時に声をあげ、

「ふふふ」

顔を見合わせ、笑みを交わした。

(ミランダは、私の大切な友達だわ)

カタリーナは改めて思う。

(だから私、ミランダの恋を応援する)

ミランダにも、誰か心に決めた人がいるのなら。

カタリーナは、それを応援しようと思う。

ミランダが誰を想っていようと――ジェラールの恋路がどうなろうと――ジェラールにはもう二度と、関わらない。

そう決めると、カタリーナの気持ちは少し楽になった。

「ミランダの好きな人って、どのような方なの?」

「とても、強くて優しい人。そして、芯が強い人よ」

カタリーナが尋ねると、ミランダは恥ずかしがりながらも、はっきりと教えてくれた。

「私、彼に見合うようになりたいの」

自分で言うのも口幅ったいのだけど……と前置きをしてから、ミランダは続けた。

「彼が騎士団に入ったのは私のためだ、って彼の近しい人から聞いて、私……私――」

「まあ! それってつまり、あなたたち二人は両想いというわけね!」

カタリーナは自分の事のように嬉しくなる。ところがミランダの表情は暗く、今にも泣き出しそうだった。

「仮にそうだとしても、私の両親はきっと認めてくれないわ……」

「あ」

カタリーナは納得し、言葉を飲み込んだ。

ミランダは国内有数の名門公爵家の令嬢だ。

自由恋愛が許されるはずもなく、相手にはしかるべき身分が必要だろう。

「騎士団で手柄をあげれば、特別な称号がもらえることもあるのですって」

その一言で、カタリーナは察した。

ミランダの想い人は、騎士団で活躍して、公爵家に釣り合うような称号を得ようとしているのだろう。確かに、それが一番手っ取り早い方法に違いない。

「素敵！　その方、よっぽどミランダのことが好きなのね」

カタリーナがうっとりと呟《つぶや》くと、ミランダは儚《はかな》く笑った。


王城から少し離れたところにある王国鍛錬場は、石壁で囲われており、普段は剣や弓矢の鍛錬に勤《いそ》しむ男たちの汗臭い怒号が響き渡っているのだが、今日は休日のため静まり返っている。

今日は休日で、団員たちは街に繰り出し、日頃の鬱憤を晴らしに行っているはずだ。

それなのにミランダの想い人は本当にいるのだろうか。

あまりの人気のなさに心配になるカタリーナだったが、じきにそれが杞憂であることがわかった。

壁に囲われた鍛錬場に近づくにつれ、キン、カキン、と金属のぶつかり合う音が聞こえてきたのだ。

「カタリーナ、こっちよ」

ミランダは石壁伝いに歩き、裏口に向かった。

壁の向こうから聞こえる金属音が、次第に大きくなる。

「ねえ、ミランダ」

ふと不安にかられ、カタリーナはミランダの袖口を引っ張った。

「今さらなんだけど——私たち、ここに来てもいいの？　部外者以外は立ち入り禁止なのでは……」

「ええ、そうよ」

あっけらかんとミランダは答えた。

「だから、騎士団が休みの日を選んで来ているのじゃない」

当たり前のようにそう言ってのけるミランダの意外な図太さに、カタリーナはあんぐりと口を開けた。

「本当は勝手に入ってはいけないのだけれど、裏口の戸の鍵をこっそりかけ忘れてもらってあるの」

「それってつまり、誰かに頼んであるということ？」

「ええ。騎士団長にお願いしたら、快く引き受けてくださったわ」

「そ、そう……」

さすが公爵令嬢というべきか。

ミランダの想い人は休みの日もよく訓練しているらしいが、今日も休日使用許可を申請しているのを騎士団長に確認済みであるらしく、その手抜かりのなさにもカタリーナは恐れ入った。

乗馬が趣味なことといい、意外な積極性といい、今日のミランダには驚かされることばかりだ。

この時のカタリーナは、まだ知らなかった。

直後に、もっと大きな驚きが待ち受けていたことを。

ミランダの言う通り、裏口はあらかじめ鍵がかけ忘れられていた。

「音をたてないように気をつけてね」

唇に人差し指を当てながら戸を押し開くと、ミランダは先に中に入る。足音を忍ばせながら、カタリーナもミランダについて行く。

キィン、キーン――。

刃の激しく斬り合う音が耳をつんざき、カタリーナはとっさに両手で耳を覆った。

「あそこに行きましょう、カタリーナ」

声を低めながら、ミランダが早足で物陰に向かう。

そこに身を潜ませると、カタリーナはようやく鍛錬場の広場中央に目を向けた。

「えっ……！」

広場にいる人影を目にした途端、カタリーナは思わず声をあげてしまう。

「しーっ！」

すかさずミランダがカタリーナを小突くが、

「えっ、ちょっと待って――えっ……！」

カタリーナはすっかり動揺してしまい、声を抑えることができない。

鍛錬場の中央では、すらりと長い剣を構え、じりじりと間合いを詰めながら睨《にら》み合《あ》っている人影が二人。

一人は弟のフレデリック。

そしてもう一人は、ジェラールだった。

「ミランダの好きな人って、まさか――」

カタリーナが呟くと、ミランダが頬を染め、こくんと頷く。

「嘘でしょう――？」

カタリーナは足元から崩れ落ちそうだった。

とっさに壁に手をつき、倒れるのだけは凌《しの》いだが、心臓が不吉なほど大きな音をたてて跳ねる。

「だから言ったでしょう、カタリーナにだけは知っていてほしい、って」

顔を真っ赤に染めながらも、ミランダはきっぱりと言い切る。

「あなたに知られるのが一番怖かったけど、でも、真っ先に知ってもらいたくて……」

泣きそうなぐらい真剣な眼差しでそう言われ、カタリーナこそ涙がこみ上げそうになる。

（――つまりミランダは、私がジェラールのことを好きってことも気づいてる――？）

だから牽制《けんせい》されてる――？

カタリーナの身体の奥が、スーッと冷えていくのがわかった。

「でも、なぜジェラールがここに……？　騎士団を辞めたんじゃ――」

「休日だけ内緒で来ているのですって。フレデリック様の練習相手をなさるためにって」

自分の知らないことをすらすらと答えるミランダに、たちまち醜い感情がもたげ、カタリーナは押し黙る。

カタリーナとミランダの間で緊張感が高まる中、広場の方でもまた、鬼気迫る訓練が繰り広げられていた。

汗を滴《したた》らせながら立ち合うジェラールとフレデリックは、鋭い双眸《そうぼう》で相手を捉え、一瞬の隙も見逃さないとばかりに、気迫のこもった面持ちで間合いをはかる。

両者どちらも一歩もひかずに睨み合っていたが、不意にフレデリックが誘うように剣尖《けんせん》を揺らすと、ジェラールがすかさず大きく踏み込んで攻める。あたかもその動きを見越していたかのように、フレデリックは風のように身を翻《ひるがえ》し、一気に間合いを詰めて相手の懐に飛び込んだ。

「――っ！」

危うく声をあげそうになったカタリーナだが、すんでのところで口をつぐむ。

ここにいることは知られてはいけないのだから、声を上げるわけにはいかない。

祈るように手を組み合わせ、ハラハラしていたが、ジェラールは冷静を欠くことなく、ほんの一振り、涼しい顔で刃を受け止めた。

そしてすぐに剣の柄《つか》を握り直すと、振り払いざまにフレデリックに斬りかかる。

「……あっ！」

隣にいるミランダが、喉の奥で悲鳴を漏らした。

キィ――ン、キ……ん――！

わずかな油断も許されない、張り詰めた空気の中、激しい金属音をたてながら刃がぶつかり合うのを、カタリーナは固唾を飲んで見つめていた。

ひ弱な幼馴染みだったジェラールが、正真正銘、逞《たくま》しい男性に成長しているのを目の当たりにして、カタリーナは胸がどきどきと高鳴るのを抑えられなかった。

（やっぱり、好き——）

甘酸っぱくて、きゅんと締めつけるような苦しさが、胸いっぱいに広がる。

好きな人の、こんな真剣な表情で鍛錬に取り組む姿を見たら、ますます好きな気持ちを止められなくなってしまう。

でも、彼はミランダの好きな人で。

彼もまた、ミランダが好きで。

『彼が騎士団に入ったのは私のためだ、って彼の近しい人から聞いて、私……私——』

先ほどのミランダの言葉を思い出すと、カタリーナの心は一思いに潰れた。

（そっか——そういうことなのね……）

ジェラールが騎士団に入隊したと聞いた時、不思議に思ったのだ。

家柄に不満があるはずもなく、王立学校でも優秀だったというジェラールが、なぜわざわざ騎士団を希望したのだろう、と。

だが手っ取り早く名誉を手に入れたいというのなら納得できる。

（ジェラールがこんなに真剣に鍛錬に打ち込むのは、ミランダのため――）

それがわかっているから、ミランダもこれほど苦しそうな瞳で、祈るように広場を見つめているのだろう。

カタリーナに付け入る隙などない。

突きつけられた現実に、カタリーナは冷や水を浴びせられたかのように打ち震える。

（もう、ジェラールには会わない。絶対に）

すでに決意していたことではあるが、カタリーナは改めて、そう心に決めた。

＊＊＊＊＊

夜明け前、紫がかった漆黒の夜空にうっすらとピンク色な光が滲みはじめた頃、カタリーナはアーヴォットの屋敷の馬場にいた。

「大きい……！」

馬に乗るのはもちろん、こんなに間近で馬を見るのも初めてだ。

「もっと近づいても大丈夫ですよ」

ジェラールに言われ、カタリーナはおそるおそる栗毛のルシファーの近くまで寄るけれど、ルシファーがふるんと鼻を鳴らすと、びくりと身体を震わせて飛びすさってしまう。

「ははっ」

それを見てジェラールが声をあげて笑うので、

「か、からかわないで……」

カタリーナはジェラールを振り仰ぎ、キッと睨んだ。

「からかってませんよ」

「だって今、笑ったじゃない」

「可愛いなと思っただけです」

さらっとそんな甘いセリフを吐かれて、カタリーナが赤面しているというにも拘《かか》わらず、

「ほら、触ってみればいいじゃないですか。ルシファーは悪さはしませんよ」

ジェラールはもっとルシファーのそばに近づくよう促す。

「本当に？　何もしない？」

「絶対に。ルシファーは大丈夫だから信用してあげて。――僕が悪さをしないかどうかは、保証できませんけどね」

「えっ」

「ふっ。こっちのセリフですよ。気にしないでください」

ジェラールがいたずらめかして片目をつぶるのを、カタリーナは呆気にとられて見ていた。

事の発端は、今朝のことにさかのぼる。

起き抜けでぼんやりしているカタリーナのもとにフレデリックがズカズカとやって来て、今から出かけるから早く支度して、と言い出した。

「急に何よ」

「いいから、いいから」

何がいいからなのかわけがわからなかったが、退屈していたこともあり、カタリーナは弟の言う通りにすることとした。

ところが、馬車にカタリーナを乗せると、フレデリックは自身は乗らずに扉を閉めてしまう。

「じゃあね、姉さん。楽しんで。行ってらっしゃい」

「えっ⁉　フレデリックは⁉」

てっきりフレデリックも一緒に出かけるとばかり思い込んでいたので、カタリーナは面食らった。

「俺は今から訓練だからさ」

騎士団の訓練をサボるわけにはいかないだろ、と当たり前のように言う。

「確かにそうだけど、だったらなんで――」

「いいから、いいから」

再び同じことを言うとフレデリックは御者に合図を送り、馬車はゆっくりと動き出した。

「ちょっと待って！　フレデリック、どういうこと？　この馬車はどこにいくの⁉」

「着いたらわかるよ」

フレデリックはのんきにそう言って、行ってらっしゃいと手を振った。


着いたのは、アーヴォットの屋敷だった。

見覚えのある門を目にして、カタリーナは青ざめた。

ミランダと二人で鍛錬場に行って以来、カタリーナは全力でジェラールを避けているのだ。

散歩のお誘いの使いを何度か寄こされたが、カタリーナはそのたびに何かと理由をつけて断っている。

ジェラールが参加しそうな舞踏会も、すべて欠席した。

直接この屋敷までジェラール本人が訪ねてきたこともあるが、エミリアや執事に頼み込み、居留守を使って追い返した。

これ以上、ジェラールを好きになりたくない。

カタリーナはミランダを裏切りたくないのだ。

でも、会えば心惹かれずにはいられない。

だから、会わないようにしているのに。

「お願い、今すぐ戻って！」

カタリーナは御者に向かって叫んだが、まるで聞こえていないかのように馬車は門をくぐり、車寄せで緩やかに止まった。

御者が馬車の扉を開けても、カタリーナは頑として降りようとしなかった。

「待って、困るわ！　引き返して。今すぐ。今すぐ屋敷に戻ってちょうだい！」

「それはできません、お嬢様。何があっても必ずここで降ろすように、とフレデリック様からきつく言われてますんで」

だが、どれだけ頼み込んでも、御者は困ったように肩を竦《すく》めるだけだった。

「お願い！　今すぐ戻って！　フレデリックには私からきちんと説明するわ。だからお願い、このまま引き返して！」

必死の懇願も虚《むな》しく、

「そこまで避けられると、傷つきますね」

「ジェラール……」

顔を歪《ゆが》ませて、ジェラールが出迎えに現れた。

「騙すような真似をしてすみません、カタリーナ」

御者に代わって馬車の扉のそばに立つと、ジェラールが頭を下げる。

「どうかフレデリックを責めないでください。こうでもしないとあなたに会えないものですから、僕が無理を言って頼んだのです。——降りてくれますね、カタリーナ」

カタリーナが観念して馬車から降りると、御者がほっと胸を撫で下ろすのが見えた。

そのままジェラールはゆっくりと歩き出したので、カタリーナも隣に並び、まだ朝露に濡れるふかふかの青草の上を歩いた。

柔らかな緑の香りが心地よく、うららかな雲雀《ひばり》の声も聞こえてくる。

だが隣を歩くジェラールは黙り込んでいて、カタリーナはただおろおろとついて行くしかできない。

やがてジェラールは真っ白なガゼボにたどり着くと、ようやく足を止めた。

やや大きめのガゼボは全体が八角形になっていて、柱の一本一本に優美な装飾が施されている。その柱にもたれかかると、ジェラールはおもむろに口を開いた。

「僕を避けていた理由を聞いても？」

カタリーナは目を伏せ、キュッとドレスを摑んだ。

理由など、言えない。

あなたを好きになってしまったから、会うのが苦しいなんて、言えるわけがない。

唇を嚙んで黙り込むカタリーナを見て、ジェラールは腕組みをすると、空を仰いでふーっと軽く息を吐いた。

「理由は、まあいいでしょう。――それより、僕の相談に乗ってくれる約束でしたよね」

「そ、それは――」

何か言い訳をしようとしたカタリーナだが、

「約束、しましたよね」

にっこりと完璧な笑みを浮かべながら言われれば、

「はい。約束、しました……」

そう答えるしかない。

元はと言えば、カタリーナの窮地を救ってくれたのが原因でジェラールは騎士団を退団になり、その責任をとるために彼の恋愛相談に乗ることになったのだ。断る権利はカタリーナにはない。

『彼が騎士団に入ったのは私のためだと聞いたの』

ミランダはそう言っていた。

それが本当ならば、ジェラールはミランダに見合う称号を得るために騎士団で頑張っていたのに、カタリーナが台無しにしてしまったということになる。

「ごめんなさい、ジェラール」

カタリーナの目に涙が滲んだ。

何に対しての謝罪なのか、自分でもよくわからない。

謝らなければいけないことが多すぎて。

「では、引き続き僕の相談に乗ってもらえますね」

こくん、とカタリーナが頷くと、ジェラールがふっと笑った気配がした。

カタリーナはそっと顔を上げ、ジェラールの様子を窺《うかが》う。

するとジェラールはもう怒っておらず、柔らかな顔つきでカタリーナを見つめていた。

ジェラールはガゼボの中に入り、カタリーナをガーデンチェアに座らせると、自らも向かい側のチェアに腰を下ろす。

「今日、あなたを呼んだのは、相談に乗ってもらいたいことがあるからなのです。というのも、愛する人と二人で出かけたいのですが、そういう時はどこに誘うのが良いのか、ご意見を伺いたいのです」

密かにジェラールに片思いしているカタリーナにとって、これほど酷《こく》な相談はない。

(直接ミランダに聞けばいいじゃない)

カタリーナは思った。

だが、傷ついているそぶりは見せず、カタリーナはにっこりと笑って答えた。

「馬で遠乗りなど、いいのではないかしら」

ミランダが乗馬が大好きだと言っていたことを思い出したのだ。

だが、それはよほど予想外だったらしく、

「えっ。馬、ですか？」

ジェラールは目を丸くして聞き返した。

「失礼。あなた──いや、彼女が馬に乗るというイメージがまるでなかったものですから驚いて──」

「ふふふ。私もよ」

ジェラールの反応ももっともだとカタリーナは思った。

カタリーナだって、ミランダが乗馬が好きだと聞いた時は意外だったのだ。ジェラールもきっと、ミランダはおとなしくて、部屋で読書や刺繍をしているのが似合う美少女というイメージを抱いているに違いない。

「でも、おとなしい子が実は活発だった、なんて意外性があるのも素敵じゃない？」

ミランダのそういう意外性に、ジェラールは惹かれたのかもしれない。

カタリーナは自嘲気味に笑いながら、目を逸《そ》らした。

青空から滑空してきた小鳥が木の枝に留まり、待っていた雛鳥たちに餌を与え始める。

胸中で渦巻く醜い感情とは裏腹に、ガゼボの外に広がる光景は清々しいほどに平穏だった。

「ええ、そうですね」

ジェラールは意味深にカタリーナを見つめたが、当の本人は、少し離れた木の枝で親鳥が雛鳥に餌をやっている光景に目を奪われていたので何も気づいていない。

「――カタリーナ、明日は何かご予定は？」

「私？　明日？　予定など別に何もないわ」

小鳥の親子から目を離し、ジェラールを見ると、真剣な眼差しでカタリーナを見つめていた。

「では、できるだけ朝の早い時間に来てください」

「明日、何かあるの？」

何か約束をしていただろうか。

それとも、社交界の行事があったのだろうか、とカタリーナは首を捻《ひね》る。

「馬で出かけるのですよ」

「でもそれは、私じゃなくて――」

お出かけに誘いたいのは、ミランダのことのはずだ。

(それとも、ミランダを誘って連れて来いということかしら)

それなら納得できるが、今日の明日でミランダの都合がつくかわからない。

頭の中でぐるぐると考えていると、しびれを切らしたように、ジェラールが重ねて言う。

「明日、思いっきりめかしこんで来てください。恋人と出かける時のように、ね」

（ああ、恋人の練習ね……）

カタリーナの心を冷たい風が通り抜ける。

恋人の練習台として、デートの予行練習をしておきたいということに違いない。

ミランダとの本番を迎える前に。

本番で失敗しないために。

まずは、自分で試されるのだ。

「――ええ、わかったわ」

「では明日。夜が明ける頃に、馬場でお待ちしております」

「はい」

ジェラールはにこやかに笑ったが、カタリーナの心は重く沈んでいた。


そして迎えた翌日。

約束どおり、カタリーナは夜が明ける前に馬車を走らせ、アーヴォットの屋敷の馬場でジェラールと落ち合った。

馬場では、なめらかな栗毛を艶めかせ、ジェラールの愛馬のルシファーが二人を待っていた。

間近で馬を見るのは初めてで、初めは怖かったカタリーナだが、勇気を出して触ってみると、ジェラールの言う通り、ルシファーは優しくカタリーナを受け入れてくれた。

「よしよし、いい子だな、ルシファー」

ジェラールがたてがみを撫でると、ルシファーは嬉しそうに首筋をジェラールに擦り付ける。

「ははっ、やめろ、くすぐったいだろ」

——ふるるんっ。

ルシファーとジェラールの間に強い信頼関係が築かれているのが伝わり、カタリーナはその絆の深さに憧れた。

「ルシファーのこと、信頼してあげてください。こいつは、僕の大切な人には決して悪さをしないから」

馬を怖がるカタリーナを見て、恐怖心を和らげてくれようとしたのだろう、ジェラールはそう言ってくれるが、それは余計にカタリーナを落ち込ませた。

「そう。賢いのね」

カタリーナは虚ろな声で頷いた。

『僕の大切な人には』悪さをしないのなら、カタリーナに何もしないとは限らないではないか、と半ば投げやりな気持ちになりながら。

（ミランダは——ジェラールに愛されている人は——幸せね）

カタリーナはこっそりため息をつく。

（ジェラールだけでなく、ルシファーにまで、大切にしてもらえるのだもの）

切なくて、苦しくて、カタリーナは自分で自分を抱きすくめるように腕を回した。


王都にほど近い森の奥に、小高い丘陵がある。

頂上は少しひらけた場所があり、ジェラールはそこで馬を停めた。

「ここは僕のとっておきの場所なんです」

昔から、嫌なことがあるとここに来ていたとジェラールは言う。

「誰にも教えたくない、僕だけの秘密の場所です」

「そんな場所に私が来てもいいの？」

カタリーナは恐縮して肩を竦めた。

「あなただから、いいのですよ」

そんな大切な場所に連れてこられて、そんな言葉を言われたら、勘違いしてしまいそうになる。

「でも、私は……」

なおも遠慮するカタリーナを抱き寄せると、

「大切な人を、大切な場所に連れて来て何が悪い」

ジェラールは不機嫌そうに囁《ささや》き、

「ん……」

これ以上カタリーナが文句を言うのを許さないとばかりに唇を塞《ふさ》いだ。

「ん――ふぅ、ぅんん……」

甘くて蕩《とろ》けそうな口づけに、カタリーナは考えるのをやめた。

(この口づけも、練習なの――？)

瞼《まぶた》を閉じると、眦《まなじり》で踏ん張っていた涙が一粒、頬を伝う。

ミランダと想いが通じたら、これと同じ口づけを彼女にもするのだろうか。

(そうしたらもう二度と、私には触れてくれなくなるの――……？)

胸が張り裂けそうだ。

長い口づけを終えると、ジェラールはカタリーナの髪に手を伸ばし、結い上げていた紐をほどいた。

はらり、とウェーブがかった長い髪が肩いっぱいに広がる。

ジェラールはそれを一房摑むと、そこにも唇を押し当てる。

「綺麗だ――」

ジェラールが耳元で囁いた。

熱い息が耳朶にかかり、カタリーナの肌がぞわりとざわつく。

「ふっ――さっきも思ったけど……カタリーナは、ここも感じるんですね」

耳孔に息を吹き掛けながら、ジェラールはにやりと笑った。

「そんなとこ、感じるわけ――ぁん――！」

否定したカタリーナだが、ぬるつく舌で耳朶を舐め上げられた瞬間に声を漏《も》らしては説得力がない。

「可愛い。もっとしてあげる」

妖艶な声を耳孔に吹き込みながら、ジェラールは執拗に耳朶を攻めた。

「ん……ぅ――」

ピチャピチャと耳朶を舌で嬲《なぶ》られ、恥ずかしさと心地よさが全身を駆け回り、カタリーナは立っていられなくなる。

ついにジェラールに倒れ込むようにして腕に縋《すが》りつくと、

「場所を移しましょう」

ジェラールはカタリーナの手を引き、そばにあった大きな切り株へ連れて行った。

「カタリーナ、ここに手をついて」

言われた通りに、膝ほどの高さしかない切り株に手をつくと、尻を大きく持ち上げた格好になってしまう。

ジェラールはドレスの裾をたくし上げ、ドロワーズ越しに中心に触れた。

「ふっ、もうこんなにしていたんですね」

割れ目を軽くなぞり上げながら、ジェラールが嗜虐的に笑う。

「ぁあん、言わないで――」

長い指がドロワーズの裂け目から滑り込み、濡れている割れ目を直になぞった。

「んん……ぅ」

「見て。こんなに濡れてる」

ジェラールは指を引き抜くと、たっぷりと塗りつけた蜜を見せつけ、その指をカタリーナの口にねじ込んだ。

「いや――っ」

はしたない蜜の香りが口いっぱいに広がり、カタリーナはどうしようもなく恥ずかしくなる。

「っ、ふ――ぅん……」

そのままジェラールはゆるゆると指を動かし、口内を犯しながら、もう片方の手でドレス越しに乳房を弄《まさぐ》る。

「んぁ――ん……」

溢れ出た唾液が口の端から溢れ、カタリーナの腰は物欲しげに揺れた。

「いやらしいね、カタリーナ」

ジェラールは嬉しそうに肩を揺らして笑うと、口内を嬲っていた指を引き抜き、おもむろにドロワーズをずり下げる。

剝き出しにされた秘唇はすでに綻《ほころ》び、淫らに濡れていた。

カタリーナの両足を広げるようにジェラールが膝の間に割り入り、手早くトラウザーズをくつろがせると、すでに屹立した先端を蜜口に押し当てる。

「欲しかったのでしょう、これが」

カタリーナの背中を押さえ、背後からのしかかるようにしてジェラールが中心を貫いた。

「や――だめ、んぁあっ！」

「だめじゃないでしょう？　ほら、こんなにすんなりと僕を受け入れてる」

愉《たの》しそうに笑いながらジェラールはずずずと深くまで穿《うが》つ。

「ハァ――ぁああん……！」

真っ白な双丘を摑み、腰を打ち付ける。

「あぁ……ああっんん――」

律動に合わせてカタリーナの腰もみだりがましく揺れた。

「やっ、激し――ジェラール……ぁあん――んっ」

「僕を避けたりするからですよ」

後ろから貫かれ、中でぐるぐるとかき回され、カタリーナは気がおかしくなりそうだ。

「もう二度と、避けようなんて思えないぐらい、僕を、刻んであげます」

細腰をしっかりと抱え、ジェラールは激しい抽送で最奥を打つ。

「ぁああっ……んん――っ、ど、どうして――っ！」

どうして諦めさせてくれないのだろう。

感じやすい部分を抉《えぐ》られ、意識に靄がかかり始める。

「そんなに、深く、いやっ……ぁあっ」

奥の一番深いところまでジェラールを咥《くわ》え込《こ》み、カタリーナの身体は歓喜に震える。

これが練習などではなく、本当だったら良かったのに。

愛する人の熱を、身も心も全部で受け止められたらいいのに。

「ん、ん、んんっ――」

でも、現実は違う。

この熱は、本来ならカタリーナではなくミランダに与えられるべきもので、今はその練習に過ぎないのだ。

「はぁ、ぁあん、ん――」

抽送が速度を増し、蕩《とろ》けそうな媚肉を肉棒が激しくこねくり回す。

（ミランダ、ごめんなさい）

親友を裏切っている罪悪感に、涙がこみ上げる。

ぽつりと涙が溢れ落ち、切り株に染みを作った。

「僕にこうされるのは、そんなに嫌ですか？」

涙に気づいたジェラールが、指の腹でカタリーナの頰を拭《ぬぐ》い、腰の動きを止めた。

「いや、じゃ、ない——」

カタリーナが静かに首を横に振ると、背後でジェラールが息を飲んだのが感じられた。

嫌なわけがない。

好きな人に、どのような理由であれこのように触れられて、心は歓喜に打ち震えている。

「——ッ、カタリーナ、どうして……」

ぐいっと顔を摑み後ろを振り向かせると、ジェラールはカタリーナの唇を奪う。熱い口づけに膣がきつく収縮し、媚肉を押し広げていた雄芯を締め付ける。

ジェラールは肉棒を一旦引き抜くと、カタリーナを背後から抱きしめた。

「ジェラ、ル——？」

そのまま身体を反転させられ、ゆっくりと切り株を背に押し倒される。

「嫌なら拒んで、カタリーナ」

真剣な眼差しでジェラールはそう言うと、覆いかぶさるように優しく組み敷く。

「嫌じゃ、ない——」

もう一度、そう呟くと、

「だめです、カタリーナ――。ちゃんと拒んでくれないと……！」

ジェラールは顔をしかめ、がむしゃらに唇を貪《むさぼ》りながら、はち切れんばかりに漲《みなぎ》った屹立を蜜口に当てる。

「ん、んぁあ……」

再び穿《うが》たれた愛楔は、先ほどとは違う場所を突き、カタリーナは背をのけぞらせて奥深くまで受け入れる。

「ん、ん、んん……ッ」

膝裏をすくい、ジェラールは大粒の汗を滴らせながら激しい律動を繰り出した。

「拒んでくれないと、僕は、勘違いしそうになる――」

最後に大きく突き上げると、ジェラールは最奥に精を放つ。

（勘違いしているのは私の方なのに）

カタリーナは罪悪感に苛《さいな》まれつつ、ジェラールの精を受け止めた。

第八章　幻のお姫様と裏切りの罠

初めての時はあんなに緊張した舞踏会だったが、二度三度と回数を重ねるうちに、少しは立ち居振る舞いのコツがわかってきた。

上辺では褒め合いながらも、その実、腹を探り合う人々との会話には、いつになっても慣れそうにはないが、代わりにカタリーナは苦手な場からの逃れ方——人いきれに酔ったふりをしてバルコニーに出る——などといった裏技を身につけ、ことなきを得ていた。

人よりもすぐに疲れやすいカタリーナは、夜会などに出てもすぐにバルコニーや中庭で休んでしまう。

ただ、どれだけ疲れていても、男性の前では「休憩したい」などと言う言葉は決して口にはしなかった。

その日もカタリーナは舞踏会に出席し、ダンスの誘いを受けて二曲ほど踊ったところで、そっとバルコニーに出た。

あれ以来、ダンスも二曲までと決めている。

(ジェラール、今日も来なかったのね――)

彼が社交の場があまり好きではなく、滅多に姿を現さないとは聞いていたが、今日の舞踏会は規模が大きいもので、もしかしたら来るかもしれないと期待していたのだが――。

(ジェラールに、会いたい――)

馬で遠乗りに出かけたあの日以来、ジェラールとは一度も会っていない。

あれほど頻繁に、一緒に庭園を散歩してくれたのに、あの日を境に一度も迎えに来てくれない。

一度だけ、こちらから押しかけてみたのだが、あいにくジェラールは不在とのことだった。居留守を使われているのかもしれないと思うと怖くて、それ以来一度もこちらから行けない。

『もう二度と、避けようなんて思えないぐらい、僕を、刻んであげます』

あの日、そう言いながらカタリーナの身体いっぱいにジェラールを刻みつけたくせに。

(そっちが私を避けるなんて、ひどいわ……)

カタリーナはバルコニーの手すりに肘をつき、深いため息をついた。

バルコニーで夜風に当たっていると、すぐ真下の中庭を二人の人影が寄り添いながら歩いているのが見えた。

「そういえばおかしな噂を耳にしたのですけど……」

別に他人の会話を盗み聞きしたわけではないが、若い娘のキンキンと耳をつんざく甲高い声は、聞きたくなくとも明瞭に耳に入ってくる。

「へぇ。どんな噂だい？」

それに応えた男の声を聞いて、カタリーナはびくっと肩を震わせた。

「エルガー様が、『幻の姫君』を狙ってる、って」

若い男女二人組のうちの一人は、エルガーだった。

エルガーとは、あの日以来顔を合わせたこともないが、声を聞くだけでも身体が勝手に震え出すほどに、今でも恐怖心は薄れていない。

「ああ、そのこと」

エルガーは乾いた笑い声をたてた。

「否定なさらないのね。ということは、噂は本当ですの？」

相手の娘の声も聞き覚えがあるが、どこで会った誰の声だったのか、思い出せずにいた。

「正確に言えば、俺が狙っているのは幻の姫というよりは、幻の石の方かな。ブルー・サキライトを手に入れるためには、グレンザードを攻め込むよりも、領主の娘を手に入れた方が手っ取り早いだろう？」

「えっ——」

まさかここで自分に関わる語句が出てくるとは思わず、カタリーナは手すりをぐっと握りしめた。

すると、その物音で、娘の方がふと頭上を見上げ、

「あら、やだ」

カタリーナが二人の会話を聞いていたことに気づくと、不快そうに眉をひそめた。

「おや、噂をすればなんとやら。これはこれは、幻の姫君ご本人ではありませんか」

あのような内容の話を聞かれていたというのにもかかわらず、エルガーは悪びれもせず、肩を竦《すく》める。

「この方が『幻の姫君』なの？　——まあ。見覚えがあると思ったら、私の扇子を盗んだ人じゃない」

小馬鹿にした口調で娘がそう言ったのを聞き、カタリーナはようやく思い出した。

この娘は、カタリーナが初めて舞踏会に出た夜、エントランスアプローチの前で扇子を落とした娘だ。名前は確かアンリエッテではなかったか。

「私、盗んでなんか——」

「あなた、エルガー様だけじゃ飽き足らず、ジェラール様にも取り入っているのですってね」

見下すような目つきで、アンリエッテがちらりと横目でカタリーナを見る。

「下手に期待して傷ついてはあなたがかわいそうだから、今のうちに教えておいてあげるわ。エルガー様もジェラール様も、あなたを相手にするのはブルー・サキライトを手に入れるためよ」

先ほど漏れ聞いた会話を、アンリエッテはご丁寧にももう一度、はっきりと教えてくれる。

「でなければ、ジェラール様ほどの方が、あなたのような行き遅れのおばさんを相手にするわけがないでしょう?」

「……………」

カタリーナは奥歯を噛みしめて俯《うつむ》いた。

結婚適齢期をとうに過ぎ、自分がいわゆる行き遅れであることは自覚していたが、こうして面と向かって言われるとさすがに傷つく。

「あなた、ずっと田舎にいて最近王都に戻ったばかりなのですって? ならばご存知なかったのも仕方がないのでしょうけど、ジェラール様には心に決めた方がいらっしゃるともっぱらの噂なの。どれほど言い寄られても、その方以外には興味もないらしいわ。だからあなたのような田舎者の行き遅れはお呼びじゃないのよ。おわかり?」

「――わかっています」

カタリーナから出てきたのは、かすれたような小さな声だった。

「ふうん、一応ちゃんとわきまえているってわけね。見た目よりはお利口さんなのね」

自分よりも年下の娘に、なぜこれほどバカにされなければならないのか。

カタリーナは屈辱に震えながら口を引き結ぶ。

「あと、エルガー様もダメよ」

アンリエッテはエルガーの腕に手を絡ませる。

「以前、エルガー様があなたを誘ったのは、別にあなたが欲しかったわけではないの。ただブルー・サキライトを手に入れたかっただけなのよ。だから彼にも期待しないでね」

「――別に、期待なんてしてません」

「そう。それならいいのよ」

アンリエッテはそれで満足したのか、つと顔を背けると、エルガーの腕に腕を絡めて再び歩き出した。

「エルガー様も良かったですわね。行き遅れのおばさんに下手に期待を抱かれて、妙になつかれても厄介ですものね」

アンリエッテが鼻にかけた声で甘えるようにいうと、エルガーは小さく笑った。

「ついでに一晩ぐらい味見してみたかったところだけど、邪魔が入って残念だったなぁ。――まぁ、おかげでジェラールを厄介払いする口実ができて、それはそれでラッキーだったけど。はははっ」

目障りだったんだよね、あいつ、とエルガーが下品な笑い声をあげながら言うと、アンリエッテも一緒に笑った。

だが、カタリーナには、何がおかしいのかまるでわからなかった。

二人の話し声が聞こえなくなり、後ろ姿が見えなくなってもまだ、カタリーナはバルコニーから動けずにいた。手すりにしがみついている手がぶるぶると震える。

エルガーやアンリエッテに対する怒りというよりは、絶望で打ちひしがれていた。

（私、何を自惚《うぬぼ》れていたのかしら――）

ミランダの話を聞いていれば、ジェラールとミランダがとっくに相思相愛であることは明白だった。

それに、ジェラール本人からも、愛する人がいるという話を何度も聞いていた。聞けば聞くほど、相手はミランダだと確信も得ていた。

（それなのに、どうして少しでも期待したりしていたのだろう）

ジェラールの気持ちが、もしかしたら自分に向いているかも、なんて。

せめて、ミランダの次ぐらいには好かれているかも、なんて。

（私はただ、宝石を手に入れるための手段に過ぎなかったのに……）

強く握りしめていたせいか、バルコニーの手すりがカタカタと音をたてて揺れた。

『可愛い、カタリーナ』

ジェラールの甘い囁《ささや》きは、優しさは、すべてミランダに向けられたもの。

自分はただの練習台。

わかっていたはずなのに――。

「はぁ――はぁっ、はっ……」

息が浅く激しくなる。

これが悪い予兆だとカタリーナは直感したが、あいにく今は出先で、気のつく侍女もいなければ使い慣れた気付け薬を持っている訳でもない。

「はぁ――はぁっ、はっ……」

息苦しくて、胸が抉《えぐ》られたように痛くて――ゆらりと視界が大きく回り、カタリーナは胸のあたりに拳を押し当てて蹲《うずくま》った。

「はっ、はっ、はっ……」

呼吸がどんどん苦しくなり、それに呼応するように手足が痺れ、意識が遠のいていく。

「カタリーナ！」

倒れる寸前、カタリーナを呼ぶジェラールの声が聞こえた気がしたが、それはジェラールのことばかり考えているせいで幻聴が聞こえたのだろうとカタリーナは思い、発作を起こしている時までジェラールのことばかり考えている自分に笑ってしまった。

ジェラールは自分のことなど露《つゆ》ほども思っておらず、さしずめ宝石を手にいれるための道具ぐらいにしか思っていなかったと判明したばかりだというのに。

「ひどいわ、ジェラール……」

そう呟《つぶや》いたきり、カタリーナは意識を手放した。

＊＊＊＊＊

ジェラールは苛立っていた。

今日は規模の大きい舞踏会が開催されており、カタリーナもそれに出席するという情報を掴んでいたので、自分も出るつもりでいた。顔を合わせたいとまでは言わない。だがせめて、遠くからでもいい、姿だけでも見たかった。

まさか王太子に呼び出されて阻《はば》まれるとは予想外だ。

「お待たせいたしました、殿下」

王城の奥まったところの一角にある王太子の執務室に行くと、そこには王太子の他にもう一人、騎士団の団長の姿もあった。王太子はジェラールより一回り以上も年上で、騎士団長も同じぐらいの年齢だ。

「エルガーのおかげで、私にとっては実に都合よくことが運んだよ」

王太子は上機嫌で高座に踏ん反りかえっていた。

「まったく、名ばかりの名家で中身は実に使えない男ですよ、エルガーは」

騎士団長は、苦々しく言い捨てる。

「ははは。まぁ、気にするな」

軽く笑い流す王太子を、騎士団長は恨めしげに見上げた。

「ああ、ジェラール。待っていたよ」

肘掛けに片肘をついて騎士団長と談笑していた王太子は、ジェラールに気がつくと、おもむろに足を組み直した。

「ジェラール・アーヴォット。お前には、ゆくゆくは私の補佐となってもらいたいと思っている。これから私の元で働いてくれないか」

前置きもなく、王太子から直々に頼まれたのは、ジェラールには思いもよらないことだった。

エルガーが発作的にジェラールの解雇処分書にサインをし、その書類が騎士団長の元に回ってきたのは、あの舞踏会の数日後のことだ。

騎士団長の詰め所に視察に来ていた王太子は、団長が処分書を破り捨てる寸前に書類を取り上げ、目にも留まらぬ早業でサインを記すと、さっさと決済に回してしまった。

舞踏会でエルガーがジェラールとの顛末を都合の良いように言いふらしており、それを伝え聞いた王太子が、こうなることを見越して騎士団長の詰め所を不必要にうろついていたのだ。

前々から王太子はジェラールを騎士団から引き抜きたがっていたのだが、団長がそれを許さず、二人の間で静かな睨《にら》み合《あ》いが繰り広げられていたのは一部では有名な話。

『あいつを私の補佐に欲しい。今すぐ隊を脱退させ、私の元で働かせるように』

王太子が何度そのように命じても、

『彼は騎士団の宝です。ゆくゆくは隊を背負う男になるでしょう』

団長は一歩も引き下がらず、ジェラールを退団させなかった。

それが、エルガーの暴挙を逆手に取り、首尾よくジェラールを騎士団から退団させることができ、王太子は上機嫌だった。

「これはまだ極秘事項なのだが、陛下の病が重い。もって一年とも言われている」

国王の体調が優れないことはそれとなく耳にしたことがあったが、そんなに深刻だとは知らず、ジェラールは動揺した。

「それまでに、信頼の置ける者で周りを固め、結束を強固にしておきたいのだよ」

王太子の他にも王子はもう一人いるが、今のところ、王太子と第二王子との関係は良好だ。第二王子が陰謀を企《くわだ》てているといったような話も聞いたことがない。

だが、今はそうでも、いざ国王の身に何かあれば、どんな輩《やから》が第二王子を担《かつ》ぎ出さないとも限らない。

だから今のうちに有望で信頼できる者を近くに置いておきたい王太子は、人材を探していたのだが、そのお眼鏡にかなったうちの一人がジェラールだという。

「光栄に存じます」

ジェラールは素直にありがたく思い、頭を下げた。

「強引に退団の手続きを進めてすまなかった。騎士団を辞めて何か支障はないか？　理由によっては便宜を図ってやるぞ」

「支障ならございます、殿下。今すぐ彼を騎士団に戻していただきたい」

「お前には聞いていない」

騎士団長がすかさず意義の声をあげるのを、王太子はあえなく却下する。二人は王立学校の同窓らしく、身分の差を超えて仲が良いようだ。

「いえ、特に支障はございません」

ジェラールが答えると、騎士団長はあからさまに肩を落とし、王太子はにんまりと笑った。

騎士団に入る若者たちの動機は様々だ。

貧しい家の出だが剣術に覚えのある若者なら、それで身を立てたいと夢見て入団することもあるだろう。

また、家柄がそれほどよくなく、騎士団で活躍して称号を得ようと野望を抱く者もいる。

そして、ジェラールのように恋愛が動機となった者もいる。

彼はただ単純に、想いを寄せる女性に好かれたかった。

幼い頃から片思いをしている年上の幼馴染みは、ひ弱で頼りない自分など目もくれない。

彼女が二十近くも年上の家庭教師を、顔を赤らめながら見とれているのを見た時に、ジェラールは打ちのめされる思いだった。

年上が好みだというのなら、二つも下の自分など眼中にないのかもしれない。

それでもジェラールは、彼女を諦めることなどできなかった。

年齢差をどうこうすることは不可能だが、自分が年上のように頼もしく、落ち着きを身につけることなら努力で可能だ。

それに、彼女は生まれつき身体が弱い。

強くなり、いざという時に守ってやれる存在になりたい。

彼女の理想に近づくために。

彼女の眼中に入るために。

ただそれだけの理由で、ジェラールは騎士団に入団した。

しかし今のジェラールにとって、騎士団に在籍しなければならない理由は、もうない。

「多少忙しくなるが、構わないか？」

王太子――数年後には国王になる可能性が高い――の補佐となれば、多少どころか、かなりの忙しさに違いない。

だがジェラールは、ためらわずに頷いた。

「ええ。構いません」

忙殺されるぐらいがちょうどいいのかもしれない。

今、毎日ジェラールの胸を蝕《むしば》む後悔や虚《むな》しさの念は、いつか忙しさに紛れて忘れることができるだろうか。

庭園を散歩する時に、頬を紅潮させて会話してくれた彼女。

神殿で抱き合った際、ジェラールの名を甘い声で呼んでくれた。その声にはジェラールへの好意が含まれていると勘違いしてしまった。

あの日を境に彼女に避けられているのは気づいていたが、決して嫌われた訳ではなく、きっと照れているのだろうと思い込んでいた。

なんというぬぼれだったのだろう、とジェラールは情けなくなる。

最後に森で抱いた日のことを思い出すと、ジェラールは後悔に苛《さいな》まれる。

あのようなところで行為に及ぶつもりはなかったのに、潤んだ瞳で見つめられ、抑えきれなかった。

決定的に嫌われてしまっただろう。

避けられていたのに彼女の弟《フレッド》を利用し、騙すようにして呼び出した上に、嫌がる彼女を抱いてしまった。

彼女に合わせる顔もない。

——それなのに……。

『はぁっ、んんっ、ジェラ、ル……っ』

あの日の彼女の声が、姿態が、頭から離れない。

（……忙しくなれば、余計なことなど考える暇もなくなって、いいかもしれないな）

ジェラールは雑念を振り払い、これから始まる新しい任務の説明を受けた。


ようやく王太子の執務室から解放され、ジェラールは舞踏会の会場に向かった。

忙しい日々が始まる前に、最後に一目、会場の隅からでも良いのでカタリーナの姿を見ておきたかった。

だが、会場のどこを探しても愛しい彼女の姿は見えなかった。

ただ一目。

あの笑顔を見たら、僕はもう、彼女に迷惑はかけない。

そう決めて、ジェラールは半ば意地になってカタリーナを探した。

カーテンが揺れ、バルコニーに見覚えのあるドレスが一瞬垣間見えると、ジェラールの心臓が軋《きし》んだ痛みを立てる。

舞踏会で仲睦まじくなった男女が、そっと会場を抜け出してバルコニーへ出るのはよくある話だ。

ましてや彼女は一度、バルコニーどころか休憩室にも連れ出されている。

(また悪い男に引っかかっているのかもしれない――)

清らかな心の持ち主で、疑うことを知らない彼女は、騙されやすい。

――この短期間、「恋人の練習台」などという無理のある設定を打ち出して自分自身も彼女を騙していたことは、この際棚に上げておく。

カタリーナ本人はまるで気づいていないようだが、王都の若者たちの間で、カタリーナは人気を博している。グレンザードから王都へ戻り、社交の場に出るようになった彼女を見て、いつまでも変わらぬ可憐な容姿に心を奪われた若者のなんと多いことか。

若者たちがカタリーナに不埒《ふらち》は妄想を抱き、彼女への口説き文句を考えている話を聞くにつれ、ジェラールは気が気でなかった。

(ふっ――。僕はこんなに意思が弱い人間だったとはな)

ジェラールは自嘲気味に笑った。

彼女のことは諦め、執務に打ち込むと決めて一時間も経たないうちにこの体《てい》たらくだ。

（今日はもう、帰ろう）

カーテンのすぐそばまで来たジェラールだったが、思い返し、くるりと向きを変えた。

もうカタリーナには手を出さないと決めたではないか。

――そう思った矢先のことだった。

カタカタと石の手すりが揺れる音が聞こえて来たかと思うと、カタン、と不穏な音も続き、考えるより先にジェラールはカーテンを跳ね上げてバルコニーに飛び出していた。

「カタリーナ！」

見ると、カタリーナは胸を押さえて蹲《うずくま》っている。

カタリーナが苦しそうに呻《うめ》いているというのに、ジェラールが真っ先に確認したのはバルコニーに他に誰もいなかったことであり、彼女の心配をするより先に彼女が一人でよかったと安堵してしまったことに自己嫌悪に陥《おちい》る。

そんな自分の浅ましさが見抜かれていたのだろう。

「ひどいわ、ジェラール……」

カタリーナが意識を手放す前に最後に呟いた言葉が、矢のように深く、ジェラールの心を抉《えぐ》った。

第九章　巡り合わせの鈴

バルコニーで倒れたことは覚えているが、その後どうやって自宅に戻って来たのか、まるで記憶にない。

気がつくと、カタリーナは自室のベッドで横たわっていた。

あれから何日が経っただろう。

カタリーナは何をするにも無気力で、起き上がる気にもなれず、日がな一日ベッドの上でぼんやりと窓の外を眺《なが》めて過ごしていた。

「カタリーナ様、お食事をお持ちしました」

カラカラとカートを押しながら、侍女が部屋に入ってくる。

「ありがとう。そこに置いておいて」

振り向きもせず、カタリーナは弱々しい声で答える。

今朝運ばれた食事が手付かずのままテーブルに置きっ放しなのを見て、侍女が重い溜め息をついた。

「お願いでございます、カタリーナ様。ほんの一口でもいいのです、何か召し上がってください」

「気が向かないの」

「でもこのままではカタリーナ様は――！」

とうとう侍女は泣き出してしまったが、カタリーナは頑《かたく》なに首を横に振る。

「――それでもいいの」

投げやりに呟《つぶや》くと、侍女は絶句した。

だがカタリーナは、本当にそれでいいと思ったのだ。

このまま衰弱し、自分がいなくなったところで、誰にも影響はない。

強《し》いて言えば、愚弟のフレデリックぐらいは少しは寂しがってくれるだろうか……。

すっかり無気力なカタリーナに業を煮やしたのか、

「もう、知りませんからねっ！」

侍女はプリプリしながら部屋を出た。

侍女も立ち去り静けさが戻ると、カタリーナはのろのろとした動作でサイドテーブルの引き出しを開けた。

中には小さな宝箱が入っている。

大切なものだけをしまっている、カタリーナにとって、とっておきの宝物入れだ。

宝物入れの蓋を開けると、一番手前に入れてあるのが、青い鈴をかたどったブルー・サキライトのペンダントだ。

カタリーナはそれを手に取り、小さく揺らした。

すると、透明感のある音が軽やかに響く。

もう一度鳴らすと、それはやはり透き通った清らかな音を響かせた。

どんなに塞《ふさ》ぎ込《こ》んでいる時でも、この音色を耳にすれば元気になれる。

でも今は――。

『碧くて美しい……あなたの瞳と同じですね』

ああ、とカタリーナは絶望的な気分になった。

このペンダントにもまた、ジェラールとの思い出が潜んでいた。

はらはらと、カタリーナの頬を涙が伝う。

（ジェラール――）

この短期間のうちに、どれだけ自分の生活に入り込めば気がすむというのか。

どこを見ても、何をとっても、ジェラールを連想するものばかりだ。

おかげでカタリーナは、涙が乾く暇もない。

どれくらい時間が経っただろう。

一時間か、はたまた半日か。

ベッドの上で半身を起こし、青い鈴のペンダントをぼんやりと眺めていると、部屋の扉が叩かれた。

「失礼するよ、カタリーナ」

ノックの音とともに入ってきたのは、父のレミントン伯爵だった。

「具合はどうだね」

「特に変わりはありませんわ、お父様」

力なく答えながら、青い鈴のペンダントを宝箱にしまおうとすると、父はカタリーナの手元を見て目を瞠《みは》った。

「その鈴……！　君が持っていたのか」

「これ――？　お母様の形見じゃないの？」

「いや、形見ではないはずだが――でも、そうとも言えるのかな」

父の返答ははっきりしない。

カタリーナが首を傾げていると、父は順序立てて話し出した。

「いつだったか、アーヴォット侯爵夫人が流産なさったことがあってね。夫人がひどく塞《ふさ》ぎ込んでいたことがあったんだ」

「まあ、そんなことが――。おいたわしい……」

アーヴォット侯爵夫人とは、ジェラールの継母だ。

「母さんと夫人は仲が良かったろう？　夫人を元気づけたくて、母さんはその鈴をプレゼントしたのだよ。その鈴にはね、贈られた者は生涯の幸せを手にするという言い伝えがあるんだ」

実際、この鈴をプレゼントされたアーヴォット侯爵夫人は、このご利益があったのか、次々と子宝に恵まれた。

「その鈴を、今なぜ君が持っているのかはわからないが――」

父は首を捻《ひね》るが、カタリーナもさっぱり訳がわからない。

母が亡くなった直後、カタリーナはしばらく意識がないほどに寝込んでいたことがあるのだが、目がさめると、このペンダントを握りしめていた。

そう話すと、

「ふむ」

父は何やら推論を導き出したようで、納得顔で説明した。

「君が寝込んでいる間、アーヴォット侯爵夫人は何度もお見舞いに来てくれたんだ。もしかしたらその時に、こっそりプレゼントしてくれたのかもしれないな。幼くして母を亡くした君を、たいそう不憫《ふびん》に思ってくださっていたようだからね」

なるほど、それなら辻褄が合う。

「巡り合わせの妙だな。まさかその鈴が、巡り巡って君の手元にあるとはなぁ。——実は、最初に母さんにそれをプレゼントしたのは、何を隠そうこの私なのだよ」

「え、お父様がお母様に、これを?」

驚いて鈴と父の顔を何度も見比べると、父は照れ臭そうに頭を掻いた。

「ああ。結婚する時に贈ったんだ。母さんに、生涯の幸せをプレゼントしたくてね」

両親の知られざる秘話を知ってしまい、カタリーナはむず痒くなる。

「だったらこれ、お父様にお返しするわ」

カタリーナが青い鈴のペンダントを差し出すと、

「いや、いい。君が持っていなさい」

父はそれを押しとどめる。

「いつか君にも、その鈴をプレゼントしたくなるような相手が現れるかもしれないね。自分のことは顧《かえり》みず、とにかく相手に幸せになってほしい——そう願わずにいられない時がくるかもしれない。これは、その時のために大切にとっておきなさい」

「はい、お父様」

父に言われ、カタリーナは青い鈴をしっかりと握り直すと、小さく頷いた。

＊＊＊＊＊

ろくに食べていないからか、ほとんど動いていないのに、すぐに眠くなる。

カタリーナは目を閉じると、すぐに睡魔に襲われ、夢の中に引き込まれた。

ここのところ頻繁《ひんぱん》に、昔のことを夢で見る。

その日、カタリーナが見た夢は、昔、フレデリックと一緒にジェラールの部屋に遊びに行った時のことだった。


ジェラールは家庭教師にダンスを教えてもらっているところで、フレデリックとカタリーナは、カーテンの陰に隠れてこっそりとレッスンを覗《のぞ》き見《み》していた。

ジェラールのまだ幼い妹も一緒にレッスンを受けていて、ふわふわとドレスの裾を揺らしながらダンスを踊っているのがカタリーナには羨《うらや》ましくてたまらなかった。

カタリーナは心臓に負担がかかるから、とダンスのレッスンは禁止されていたのだ。

（私もいつか、踊れたらいいのに――）

あの日、ダンスのレッスンを盗み見しながら、カタリーナは羨ましくてならなかった。

（いつか私も大人になって、身体が丈夫になって、ダンスを踊ってもいいって言われるようになったら――）

カーテンにくるまりながら、そんな日が来ることを夢見て、カタリーナは妄想した。

当時、カタリーナは妄想するのが趣味だった。

妄想の中の自分はいつだって、病気も治り、平和で健康な生活を送っていた。大人になったカタリーナが舞踏会に行って、素敵な殿方から「お嬢様、僕と踊っていただけませんか」なんて誘われて、大広間の真ん中でダンスを踊っていた。そして広間のみんなの羨望《せんぼう》の眼差しを受けながら、二人の世界に入り込んで、素敵な曲に乗って優雅にステップを踏んで、最後はこっそりキスなんかして――。

どんどん妄想が広がるうちに、見る間に頬が赤くなり、カタリーナは急いでカーテンで顔を隠す。

そんなカタリーナの様子を横目で見ていたジェラールが、カタリーナが家庭教師に見とれて顔を赤らめていると誤解しているとも知らずに。

「ふふふっ」

夢と現《うつつ》の狭間を彷徨《さまよ》っていたカタリーナは、目を閉じたまま柔らかく笑った。

あの日の妄想は、半分は実現された。

大きくなって身体は少しは丈夫になり、ダンスも踊れるようになった。

舞踏会に出て、素敵な男性にダンスに誘われることも実現した。

だが、子供の頃のカタリーナにはわからなかった。

いくら素敵な男性に誘われたって、意味がないことを。

たった一人の好きな男性に誘われないと、まるで意味などないということを。

「一曲でいい、ジェラールと踊りたかったなぁ……」

がらんとした広い部屋に、カタリーナの小さな呟《つぶや》き声が、ぽつりと響いた。

＊＊＊＊＊

カタリーナが病で伏せっていることを知った友人たちから、見舞いの手紙が頻繁に届く。

ありがたいとは思いながらも返事を書く気になれずにいるうちに、また次の手紙が届き──申し訳ないと思いつつ、カタリーナは次第に手紙を開封することさえ億劫になってしまった。


起き上がるのも辛いほどの無気力な状態からは回復し、部屋の中を動き回るぐらいには元気になってきた頃のことだった。

弟のフレデリックが、カタリーナの部屋にやって来た。

カタリーナが病に臥《ふ》せってから、フレデリックは何度も見舞いに来ては、他愛もないことを面白おかしく話してカタリーナの気を紛らせようとしてくれる。

だが、この日のフレデリックは、いつもと様子が違った。

「北方で戦が始まるんだ」

ベッドのそばに椅子を寄せて浅く腰掛けると、フレデリックは言った。

「そう」

カタリーナは壁紙に描かれたエレガントなダマスクローズの模様をぼんやりと眺めながら、興味なさげに相槌を打つ。

北で国境と接する小国は情勢が不安定で、常に周辺国と小競り合いをしている。

カタリーナにとっては別段珍しいわけでもなく、自分とは関係のない話でしかなかった。

「俺、その戦に志願した」

「そう」

カタリーナはもう一度、惰性で相槌を打ったが、

「えっ。今、なんて？」

二度三度と瞬《まばた》きをして、フレデリックの方を向く。

「だから俺、北方の戦に行ってくる」

まるで街に買い物に行ってくる、とでも言うかのように軽い口調で言う。

「ど、どうして？」

小国との小競り合い程度の戦とはいえ、戦は戦だ。

命を落とす可能性だって十分にあるわけで、なぜみすみす自ら希望してそんな危険を冒すのかカタリーナには理解できない。

「戦で手柄をたてれば、飛躍的に出世できるんだ。きっと、称号も得られる」

真剣な表情でそう言い切るフレデリックの顔は、やんちゃな弟のそれではなく、一人前の男性の顔つきだった。

「なぜそこまでして出世したいの？」

最近どこかで聞いたことのある話だと思いながら尋ねると、案の定、フレデリックはこう答えた。

「俺、好きな人がいるんだ。でも彼女とは身分的に釣り合わなくて結婚は難しいから……。俺はこの戦に賭ける」

「でも、でも──。戦に行くということは、命も賭けるということなのよ」

「わかってるよ、それぐらい」

「わかってるの？　本当に？　だって、命を落とすくらいなら、結婚なんて──」

「俺、命を賭けてでも今回の戦で手柄を上げてくる。彼女と結婚できない未来なら、いらない」

きっぱりと言ってのけるフレデリックに、カタリーナはそれ以上何も言えない。

「もしかして──フレデリックは、初めからそれが目的で騎士団に入ったの？」

「うん、そうだよ」

自分の知らないうちに弟が誰かに恋をしていて、そのために騎士団に入団して何年も前から機会をうかがっていたというわけだ。

カタリーナは言いようのない感動と寂しさを覚えた。

「騎士団に入る連中なんて、そういう動機のやつばかりだよ」

フレデリックが笑うので、カタリーナは思い切って聞いてみた。

「じゃあ、ジェラールは？　ジェラールも、好きな誰かのために騎士団に入ったというの？」

するとフレデリックは思いっきり鼻で笑った。

「はっ！　あいつなんて、その筆頭じゃないか」

「そうなの――」

カタリーナは視線を敷布に落とした。

「それで、いつ出発するの？」

「明日」

「――えっ、明日⁉」

もっと先の話だと思って聞いていたカタリーナは、びっくりしてベッドの上で跳ね起きた。

「なぜもっと早く教えてくれなかったのよ！」

するとフレデリックは困ったように首の後ろを掻きながら言う。

「だって姉さん、具合が悪そうだったから……それどころじゃなかっただろう？」

「――あ……」

ずっと臥せって、外界を締め出して自分の殻に閉じこもっていたカタリーナは、弟の動向を知る由もなかった。

「ごめんなさい」

「いいって、いいって。――それより俺、そろそろ行かないと」

「どこに？」

出発は明日ではなかったのか。

「ああ、今からジェラールの屋敷に行くんだ」

今日は親友と二人、最後の日をのんびり過ごすと約束しているという。

「そ、そう……」

不意打ちでジェラールの話題が出され、カタリーナの胸が鋭く痛む。

「あいつもずっと準備に追われて忙しそうだけど、今日はお互い、最後の一日だからね。二人でのんびり楽しんでくるよ」

「ちょっと待って。ジェラールも準備に追われて、ってなんの準備？」

「あれ、姉さん、聞いてないの？　ジェラールも明日から――」

フレデリックが言い終わらぬうちに、

「フレデリック様、そろそろ約束の時間になります」

ドアの向こうから、侍従の痺れを切らしたような声が聞こえた。

「ああ、わかった。すぐ行く」

フレデリックはドアに向かって一言そう言うと、

「とにかく、そういうことだから。行ってくるよ、姉さん」

カタリーナに向かって軽く手を上げる。

「ちょっと待ってフレデリック。今のはどういうこと？　……それに、ミランダは？　ミランダはジェラールのこと、知ってるの？」

「ミランダ？　さあ、姉さんが知らなかったのなら、ミランダも知らないいんじゃないかな」

「ああ、なんてこと――」

予想通りの返答にカタリーナが頭を抱えていると、

「なんだかよくわからないけど。そろそろ行ってくる。じゃあね、姉さん」

フレデリックは不思議そうに首を捻《ひね》りながら、扉に向かった。

「あっ、フレデリック――」

パタン、と静かに閉まったドアを、カタリーナは恨めしげに見つめる。

（ジェラールも明日から、ってどういうこと――？）

フレデリックが言ったことの意味を考えるが、考えれば考えるほど悪い予感しかしない。

『戦で手柄をたてれば、飛躍的に出世できるんだ。きっと、称号も得られる』

『あいつなんて、その筆頭じゃないか』

『ジェラールも明日から――』

つまり、ミランダの家柄と釣り合う称号を得るために、ジェラールも出陣の志願をしたということか。

騎士団をクビになり、時間の余裕があったからこそカタリーナの散歩にも付き合ってくれていたジェラールだが、最近連絡が途絶えていたのは、もしかしたら騎士団に戻れたからなのかもしれない。

（ミランダに何も言わずに出発するつもりなの、ジェラール――？）

衝撃的な話を聞いた影響なのか、頭の中が明瞭になってきた。

頭を動かすことをしばらく放棄していたせいで脳がすっかり錆つき、何も考えられなくなっていたが、一度回り始めると、油をさしたかのように頭の中の霧が晴れてくる。

（こうしてはいられないわ）

カタリーナは何日ぶりかに、自らベッドを降りた。

今すぐミランダに会いに行くので出かける支度がしたいと侍女のエミリアに告げると、目を丸くされた。

「まあ！　いきなりお出かけされて大丈夫ですか？　まずはお屋敷の中を散歩するぐらいから始められてはいかがです？」

そう提案されたが、

「どうしても行かなきゃならないの」

カタリーナが意志の強い瞳で再度言うと、

「かしこまりました。今すぐ準備いたします」

何かを感じたのだろう、エミリアはすぐさま支度に取り掛かった。


あらかじめミランダの屋敷に先触れを出しておいたので、ミランダは車寄せで待っていてくれた。

「久しぶりね、カタリーナ。もう出歩いても大丈夫なの？　随分痩せたようだけど……」

「ありがとう、ミランダ。それから、手紙も何度もいただいていたのにお返事を書けなくてごめんなさい」

「いいのよ、あなたが元気になったならそれが一番だもの」

（なんて優しいの、ミランダ――）

友人の温かな心遣いに、カタリーナは胸がいっぱいになる。

「それよりカタリーナ、いったいどういうことなの？　手紙では、今からジェラルド様のお屋敷に一緒に行くと書いてあったけど、どうして――？」

先ほどカタリーナが届けさせた手紙を、ミランダが困惑した様子で読み返している。

「さっきフレデリックがジェラールのところに行ったの。――彼は明日、出発するのですって。……そのこと、ミランダは知ってた？」

「え、ええ、それは知ってたけど――まさかカタリーナは知らなかったの？」

やはりミランダは知っていたのかと、カタリーナは唇を噛みしめる。

「えっ！　カタリーナったら、本当に知らなかったの⁉」

ミランダは、心底驚いたように声を上げた。

「つまり、あなたは知っていたのね」

するとミランダは目を伏せて頷いた。

「ミランダ。あのね、よく聞いて」

カタリーナはミランダの手をとり、ぎゅっと握りしめる。

「人生、何があるかわからない。私のお母様は、とっても元気な人だったわ。なのに、何でもないただの普通の日に、馬車で事故にあって亡くなったの。絶対な安全など、この世にないのよ。ましてや北の方は、今――」

声に涙が滲み、語尾が小さくなる。

「だから伝えたいことは、伝えられるうちにきちんと伝えておかないと、きっと後悔すると思うの」

「そうね、カタリーナ。ありがとう。私――今日、思いを告げてきます」

「ええ、それがいいわ。――応援してるわよ、ミランダ」

ミランダは目を潤ませ、カタリーナに抱きついた。

「ありがとう、カタリーナ。あなたにそう言ってもらえると、勇気が出るわ」

「大丈夫。絶対にうまく行くから。自信を持って、ミランダ」

(だってジェラールは、命を張って戦地に赴《おもむ》くほどに、あなたを愛しているのだから)

カタリーナは勇気づけるつもりで、ぎゅっとミランダを抱きしめた。

＊＊＊＊＊

アーヴォット邸に着くと、ジェラールたちは庭のガゼボにいると家庭教師が教えてくれたので、二人は急ぎそちらに向かった。

すると、真っ白な手すりに寄りかかり、ジェラールとフレデリックが盃を交わしているのが見えた。

先にカタリーナたちに気がついたのは、ジェラールだった。

ジェラールは口をぽかんと開け、目を丸くしてカタリーナたちを凝視している。

「行っておいで、ミランダ」

カタリーナは最高の笑顔を作ってみせると、ミランダの背中をそっと押した。

「ありがとう、カタリーナ」

一歩、二歩、とガゼボに向かって歩き出し、三歩目からは走り出したミランダの後ろ姿を見ると、カタリーナは空を仰いだ。

雲ひとつない青空は目に染みるほど眩《まぶ》しくて、カタリーナはぎゅっと目をつぶる。

(帰ろう——)

カタリーナはくるりと方向を変えると、視界の端でミランダがジェラールと話している姿を捉えてしまい、

「——ふっ……っ——」

とうとう、堪《こら》えきれずに涙がこぼれた。

(でも、これで良かったのよね)

カタリーナは一刻も早くここから立ち去りたくて、急ぎ足で車寄せに向かった。

歩調を速めるに連れて、握りしめていたポシェットからシャラシャラと音が聞こえる。

（あ……そういえば、これ――）

自室を出る直前に、カタリーナは宝箱から青い鈴のペンダントを取り出し、皮袋に入れて持ってきたのだ。

これを贈ると、相手は生涯の幸せを手にできるというのなら。

ジェラールに想いを伝えることは叶わないけれど、せめて、幸せになってもらいたくて。

戦地からぶじ帰って来られますように。

帰ったら、ミランダと幸せになってくれますように。

その一心で持ってきたペンダントだ。

（自分の手で直接渡したかったけど……）

今さらガゼボに引き返して、二人が仲睦まじく寄り添う光景を見るのも辛い。

カタリーナは、このペンダントを屋敷の誰かに託してさっさと帰ろうと決めた。


エントランスホールまで戻ると、ペンダントを託すのにちょうど良い人物がいた。

ジェラールの家庭教師が、カタリーナの馬車の御者と世間話をしているではないか。

「あの――」

家庭教師のそばで足を止めて声をかけると、談笑していた二人はカタリーナを見てぎょっとした顔をした。

涙と鼻水で濡れているカタリーナに、家庭教師は何も言わずに紺のハンカチーフを胸ポケットから取り出して渡す。

「あ、ありがとうございます。でもその前に、ひとつお願いがあるのです。これをジェラールに渡していただけませんか」

カタリーナはポシェットの中から小さな皮袋を取り出し、家庭教師の手の上に置いた。

「直接ご本人に渡されてはいかがです？」

「それができたらそうしてるわ。でもジェラールは――」

ムキになって言い返した時だった。

「何をやっているんですか、カタリーナ」

背後から肩をぐいっと掴まれ、カタリーナは無理やり後ろを向かされる。

「ジェラール⁉　なぜここに――？」

そこにいたのは、髪を乱し、息を切らせて肩を上下させているジェラールだった。

「カタリーナ、泣いている……？　彼女に一体何をした⁉」

ジェラールが声を荒らげ、家庭教師を睨《にら》む。

「何もしておりませんよ」

家庭教師が涼しい顔で答えるのが火に油を注いだようで、

「ではなぜ彼女はこんなに泣き腫らした目をしているんです」

「ジェラール、違うの。この方は何も悪くないわ」

自分のせいで無関係の他人が濡れ衣を着せられては申し訳ない。

カタリーナは弁明しようとしたが、

「カタリーナは黙っていて。――それで、彼女に何をしたのです。事と次第によってはただじゃおきませんよ」

ジェラールは聞く耳を持たず、家庭教師に凄む。

「ジェラールってば！　話を聞いて。その方は本当に関係ないわ。私はただ……」

すると、家庭教師がコホンと小さく咳払いをした。

「ジェラール様。カタリーナ様をお部屋に案内されてはいかがです？　話はそこでゆっくりなさると良いでしょう」

「――そうしましょう、カタリーナ」

「え、でも……」

ジェラールは、困惑しているカタリーナの手首を摑み、建物に向かった。

すると家庭教師は二人を呼び止め、

「大切なものをお忘れですよ」

ペンダントの入った皮袋をカタリーナに返し、にっこりと笑う。

「……っ、とにかく行くよ、カタリーナ」

ジェラールは忌々しそうに舌打ちをすると、カタリーナを引っ張るようにしてエントランスホールに入り、真紅の絨毯張りの螺旋状の階段を上ると、自分の部屋に突き進んだ。

部屋に入るなり、ジェラールはドアを閉め、鍵をガチャリとかける。

「カタリーナ。それは、なんですか」

カタリーナが手に持っている皮袋を睨みつけながら問う。

「あ、これは……」

ちょうど良い、今なら渡せそうだ。

カタリーナは解けてしまった皮袋の紐を手早く結び直すと、ジェラールに差し出した。

「これは、あなたに渡したくて持ってきたの」

「え、僕に……?」

よほど予想外だったらしく、ジェラールは目を丸くして、カタリーナと皮袋を見比べる。

「でもこれは、あの人にあげるつもりで持ってきたのでしょう?」

「いいえ、違うわ。ジェラールに渡してくださいって頼んだところだったの」

「そうだったのですか――」

まだ信じられないようで、ジェラールは皮袋を穴があくほど見つめていた。

「開けてみても、いいですか」

のだろうか。

どのような反応をしてくれるだろう、喜んでくれるだろうか、それともがっかりされる

カタリーナはソワソワしながら、ジェラールが皮袋を開けるのを見ていた。

「これは――！」

ところがジェラールは、喜ぶでもなければがっかりするでもなく、ただただ驚いていた。

「男性にペンダントを贈るのはおかしいと思われるかもしれないけれど、その青い鈴は、特別な言い伝えがあるのですって」

「言い伝えってまさか……贈られた者は生涯の幸せを手にするというものですか？」

ジェラールが、弾かれたように顔を上げる。

「まあ！　よく知っているのね、ジェラール」

「そりゃあ、知っていますとも。この鈴は、もとは僕のですから」

ジェラールが困った顔をして、青い鈴に目を落とす。

「え、どういうこと――？」

「なぜかあなたは、それをお母様の形見だと思っているようですが」

そう前置きすると、ジェラールは切なげに目を細め、カタリーナの母が亡くなった日のことを話して聞かせた。

「……そういうことだったの……」

　母の葬儀の日に発作を起こして倒れ、数日間意識がなかったカタリーナは、その頃のことを何も覚えていない。

　ジェラールが見舞いに来てくれていたことも、青い鈴をプレゼントしてくれたことも、何も知らなかった。

「知らなかったとはいえ、お礼を言うのが遅くなってごめんなさい」

「それは構いませんが――なぜこれを今日、僕に？」

　ジェラールはペンダントを揺らした。神秘の青い石でできた鈴は、ちりりん、と透き通った音を響かせる。

「だってジェラール、明日から戦に行ってしまうのでしょう？」

「いや、行きませんよ」

　ジェラールは即答するが、そんなはずはない。

『あれ、姉さん、聞いてないの？　ジェラールも明日から――』

　確かにフレデリックはそう言っていたではないか。

「でも、だってフレデリックが、あなたも明日からどこかへ行くようなことを言ってた気がするのだけれど……」

　するとジェラールは納得顔で、ぽんと手を叩いた。

「明日から僕は新しい役職に就くから、そのことではないですか」

王太子の補佐として新たな業務に就くことになったそうで、今後は毎日王城に通うことになったと話す。

「王太子殿下の補佐――？　では、戦に行くわけではないの……？」

「戦に行くのはフレデリックですよ」

「それは知っているわ。でもあなたも行くのではないの？」

そう尋ねると、ジェラールは首を横に振った。

「まあ、腹黒い連中の様々な思惑が渦巻く王城も、ある意味では戦場と言えるかもしれませんがね」

冗談めかしてジェラールは笑うが、カタリーナは張り詰めていた緊張が一気にとけ、へなへなとソファに座り込んでしまう。

「そういうことだったのね。まったく、フレデリックったら紛らわしいんだから……あっ！」

言いながらカタリーナはとんでもないことを思い出し、口元に手を当てて、弾かれたように立ち上がる。

「ジェラール！　あなた、ここにいてもいいの⁉」

「ええ、ここは私の部屋ですから」

何を当たり前のことを聞くのだろう、という顔でジェラールが答えるが、カタリーナが言いたいのはそういうことではない。

「ミランダは？　一緒じゃなくてもいいの？」

「僕が？　ミランダと？」

ジェラールは不可解そうに首を捻る。

「なぜそう思うのです？」

今度は逆に、カタリーナが首を捻る番だった。

「だって、ミランダはあなたに想いを打ち明けるためにここに来たのでしょう？」

するとジェラールはきょとんとして答えた。

「ミランダの想い人は、僕ではありませんが……」

「何をとぼけているの？　ミランダはずっとあなたを想っていて――」

「ミランダがずっと恋をしていたことは、よく知っています。でも、彼女が想っているのは、僕ではないですよ」

では誰だというのか。

カタリーナが、今までのミランダとの会話を大急ぎで反芻《はんすう》していると、ジェラールがふっと口角を上げて笑った。

カタリーナが好きな、あの笑い方だ。

「知らなかったのですか？　フレデリックですよ」

「フレデリックぅ!?」

予想だにしなかった名が出て、カタリーナは素っ頓狂な声をあげてしまう。

「あなたは、ミランダの相手が僕だと思っていたのですか」

「ええ。だからあなたたち二人の想いが通じ合ったのだとばかり――」

すると、ジェラールは顎に手を当てて何やら考え事を始めた。

「通じ合う？　――僕はミランダに想いを寄せているわけではありませんが」

「そんなわけないわ。だって、あなたはミランダのことが――」

すっかり混乱していると、ジェラールはガシガシと頭を掻き、大きなため息をついた。

「はぁ……、まったくあなたという人は、どこからそんなバカな発想が出てきたんでしょうね」

ジェラールは横目でギロリと睨む。

「つまりあなたは、僕がミランダを好きだと思っていたのですか？」

「違うの？」

「僕は昔から、こんなにあなたしか見えていないというのに……」

「え……」

カタリーナの息が止まる。

「見てわかりませんでしたか」

「でも、だって――」

困惑して目を泳がせているカタリーナの両肩を掴み、ジェラールは瞳を覗き込みながら、一語一句言って聞かせるように言葉を発した。

「僕は、好きでなければ、触れたりしません」

ジェラールの前髪がカタリーナの鼻先に触れるほど、顔の距離が近い。

「僕が触れて、感じたくなるのは、愛する人だけです」

「……っ」

そんなことを言われたら、勘違いをしてしまいそうだ。

カタリーナは紅潮した顔を見られたくなくて、俯《うつむ》こうとするが、顎をすくわれて固定された。

「それとも、忘れたのですか？　僕に触れられたことも。僕を感じたことも」

「忘れるわけ、ないじゃない」

カタリーナは奥歯を噛みしめながら言い返した。

「でも、ジェラールが、あれは恋人の練習だって言うから――」

「練習のために、忙しい中、時間を無理やり作って毎日散歩ばかりすると思いますか」

やっぱり無理をしてくれていたのだ、とカタリーナは申し訳なくなる。

「たかだか練習のために、本物の口づけをすると思いますか。愛馬に乗せて？　誰にも知られたくない、大切な場所にまで連れて行って？　――そんなわけないだろ」

どん、と顔のすぐそばに両腕を突かれ、カタリーナはジェラールの腕に囲われた形になる。

「いい加減、気づけよ」

うなだれたジェラールが、呻《うめ》くように呟く。

「だって、あなたには愛する人がいるから、って。その練習台になってほしいから、ってそう言ったじゃない。だから私はただの練習台なんだって思って――」

するとジェラールは辛そうに顔を歪《ゆが》ませた。

「姑息な手を使ったことは謝ります。でも僕は、あなたのことを練習台などと思ったことは一度もない」

「でも……」

カタリーナはまだ信じられない。

「私、ジェラールに嫌われていると思ってたわ」

「僕があなたを嫌う？　そんなこと、あるわけないじゃないですか」

「だって！　前に、私たちが兄と妹みたいねってからかわれた時、ジェラールは私のような妹はいらないって言ったじゃない！」

ジェラールは眉をひそめ、そのようなことがあったかと思い巡らせていたが、どうやら思い出したらしく、ああ、そういえば……と目を細めた。

「あなたのような妹はいらない、と言った覚えはありません。あなたが妹だと困る、と言ったのです」

同じことではないか、とカタリーナは頰を膨らませる。

「私が妹だと、困るの――？」

「困りますね」

ジェラールは即答した。

「妹相手だと、このようなことができないでしょう？」

どのようなこと、と問いかけた口は、ジェラールの熱い唇に塞《ふさ》がれた。

「ん――ふぅっ……ん」

ジェラールは顔を傾け、柔らかな唇を味わうように、啄《ついば》むような口づけを何度も繰り返す。

角度を変えて合わさった唇が、わずかに離れると、

「これは、もう練習ではないの――？」

カタリーナは上目遣いでジェラールを見上げ、半信半疑で尋ねた。

「信じられない？」

ジェラールが傷ついた目で問う。

「そういうわけじゃないの。ただ――」

たとえば初めて舞踏会に出た日、ジェラールはカタリーナには目もくれず、先にミランダに声をかけていた。それに、ダンスに誘ったのも、ミランダだった。

だからてっきり、ジェラールはミランダを好きなのだと思っていたのに……。

「ああ」

少し顔を歪めて、ジェラールが恥ずかしそうに答える。

「あなたが僕のことを忘れていたというので、悔しくて意地悪をしてしまいました」

「え、それだけ――?」

でも、あの日の二人は、とても親密そうに見えた。

ジェラールがミランダに耳打ちをして、その途端にミランダの顔が珊瑚色に染まっていた光景が、昨日のことのように鮮明に思い出される。

「ふっ……。あの時、僕がミランダになんて言ったか、知りたいですか?」

そう言うと、ジェラールは、あの日ミランダにしたのと同じように、カタリーナの耳元に顔を近づける。

「三曲目が終わったら、東の休憩室でフレデリックが待っています」

しばらくは囁《ささや》かれた言葉の意味がわからず、きょとんとしていたカタリーナだが、少し時間をかけて、その内容の意味を理解した。

「――ええっ！」

つまり、弟と親友はその頃から、もう――？

「言ったでしょう？　僕は二人の想いを知っていたし、ミランダのことを応援していた、って」

「でも、じゃあ……」

では、ジェラールの片想いの相手はミランダではなく、本当に自分のことだったのか、とカタリーナは信じられない思いで、口を開け、ただただジェラールを見つめた。

「色々複雑に考えすぎです、カタリーナ。お願いだから、余計なことを考えないで。僕だけを感じて」

ジェラールは首の後ろに手を回してカタリーナを引き寄せると、ゆっくりと唇を塞いだ。

「んんっ……」

「もう、何も考えられなくしてあげる、カタリーナ」

ジェラールはカタリーナの両手首を摑んで頭の上で壁に押し当てると、舌先で唇を割り、口内に侵入させる。

くちゅり、と濡れた音を隙間から漏らしながら、二人は長らく唇を重ねていた。

乱れる吐息の合間に、ふとカタリーナが瞼《まぶた》を開けると、ジェラールが熱のこもった瞳で見つめ返していて、その眼差しから目を逸《そ》らすことができなくなる。

「カタリーナ――」

ジェラールはカタリーナのふっくらと柔らかな頬に手を這わせ、切なく目を細めると、ふっと身を屈《かが》め、カタリーナを横抱きに抱え上げた。

そのまま大股でベッドに向かうと、そっと優しく横たわらせた。

身体が沸騰したように熱い。気を抜けばのぼせそうだ。

見上げると、ジェラールもまた、熱に浮かされたような眼差しでカタリーナを見つめている。

「あなたが欲しい。身体だけじゃなくて、心も僕に預けてくれますか？」

とうにカタリーナの心はジェラールに奪われてしまっているのに――。

カタリーナが恥ずかしがりながら控えめに頷くと、

「大切にします、カタリーナ」

カタリーナに跨《また》がり、覆《おお》いかぶさるように身体を重ねると、唇を押し当てた。

そのまま舐めるように唇をこじ開け、キスを深めていく。

「んぁっ――んんっ――」

夢中になって口づけに応えているうちに、いつの間にかドレスは剝ぎ取られていた。

真っ白な素肌を、ジェラールのほっそりと長い指が思わせぶりに滑る。

「ぁ――っ」

敏感になっているカタリーナは、指先が触れるだけで、そこが熱を帯びたようにじんじんと疼《うず》いた。

やがて指先が乳房にたどり着いた。

ジェラールは指を軽く丸めると、頂《いただき》の周りをゆっくりとなぞる。

「ぁ――んっ……」

勃ち上がった先端を弾くように弄《いじ》られ、カタリーナの身体がぴくっと震えた。

「感じてるの？　可愛い――」

ジェラールは愛おしげに呟くと、もう片方の膨らみをぱくっと咥《くわ》える。

「ぁん――っ」

舌の先で敏感な尖端を転がされている間に、もう片方の乳房をめちゃくちゃに揉まれ、

「ん、ぁぁ、はぁぁん――」

いつの間にかカタリーナは腰をくねらせ、この行為の先にあるさらなる快感に期待し、とろりと蜜を溢れさせていた。

「腰が動いてますよ、カタリーナ」

「言わないで――」

恥ずかしさに両手で顔を覆い隠すと、ジェラールはくすりと笑い、片方の手でカタリー

ナの太腿をすくい上げた。片脚を大きく持ち上げられ、恥ずかしい部分がジェラールの眼前にさらされる。

「やっ、こんなの、恥ずかしい――――！」

つーっ、と太腿の内側を撫で上げられ、膣の奥からとろりと蜜が流れ出すのがわかる。

「中からどんどん蜜が溢れてきてる」

ジェラールはわざとゆっくり言って聞かせると、ひくひくしている蜜口にそっと唇を近づけた。

「こんなに零《こぼ》してはいけませんね」

ぴちゃりと音をたてながら、蜜でてらてらと濡れた割れ目を下から上へと舐め上げられ、カタリーナの背が弓なりに反り返った。

「はぁんん――っ！」

肉厚の舌で花弁を嬲《なぶ》られ、ぷっくりと膨らんだ敏感な突起を愛撫されると、カタリーナの身体はどうしようもないほどにビクビクと跳ねてしまう。

「私、おかしくなっちゃう――」

「もっとおかしくなればいい」

そう言うと、ジェラールは尖らせた舌先で肉粒の周りをくるくるとなぞり、唇を窄《すぼ》ませてじゅるりと吸い上げた。

「あ、ああんっ！」

吸い上げた肉粒を舌先で転がし、さらなる快感を与えながら、はち切れそうなほどに膨らんだ突起を軽く甘噛みする。

「んんんぁあああっ……‼」

ムズムズとくすぶっていた波が一気に押し寄せ、カタリーナはビクビクと身体を痙攣させながら一思いに高みに突き上げられた。

「ああん――はぁ、ぁぁ……」

絶頂の余韻に浸る間もなく、

「ふっ。とろとろになってきましたね、カタリーナ」

ひんやりと冷たい指が、ほぐれ切った花弁の周りをゆっくりと撫でる。

「ぁ――やぁっ――」

もどかしい指付きで、蜜穴の入り口を焦《じ》らすように弄った。

「ここ、物欲しそうにひくひくしてる」

「や――ぁ……」

「ふっ。今、挿《い》れてあげますよ」

ジェラールは小さく笑うと、濡れそぼった蜜口に長い指をつぷりと挿れて、愛襞を引っ搔くようにかき回す。

「んぁあっ――――！」

いつのまにか増やされた指は蜜穴の中でバラバラと動き、ぐちゅぐちゅと濡れた音をたてながら愛壁を擦り、カタリーナの良いところを探る。

やがて、的確に感じる一点を探りあてると、ジェラールはぐいっと指を曲げて突き上げた。

「ぁああんんっ――――っ！」

カタリーナはむせび泣くような声をあげながら弓なりに仰け反る。

瞬く間に二度目の絶頂に押し上げられ、呼吸も整わないでいると、ジェラールはカタリーナの脚の間に身を沈めた。

「好きです、カタリーナ」

吐息混じりにそう呟くと、熱く猛る屹立を、愛液で濡れそぼる蜜口にあてがう。

「私も好き、ジェラール」

「――っ、カタリーナ……！」

ぬるぬると二度、三度、割れ目に屹立を滑らせ、たっぷり濡らすと、ゆっくりとカタリーナの中に入ってきた。

「――ッ、……！」

「きつ……」

ジェラールは低い呻き声をあげ、ずちゅずちゅと腰を推し進める。

「ぁ、ん、んっ――」

痛みとも快感とも取れる刺激に自然と背中が仰け反ってしまう。突き出された乳房に、ジェラールは愛おしそうにしゃぶりついた。

途端に、愛襞の奥から蜜が糸を引いて垂れてくる。

「こんなに僕を締め付けて――食いちぎられそうですよ」

汗を滴《したた》らせながらジェラールは肩を揺らして笑うと、ゆらゆらと腰を左右に動かした。そのたびにじゅぷ、じゅぷ、と粘液の泡立つ音が響き、カタリーナは恥ずかしさで目眩《めまい》がしそうだった。

「はぁ、あん――」

ゆったりと腰を回したかと思うと激しく抽送して、しばらくはカタリーナを翻弄《ほんろう》していたジェラールだが、

「そろそろ、いい？」

やがて細い両脚を肩に乗せると、カタリーナの身体を二つに折るようにして、抽送を速めた。

「あぁん……んぁっ――、んん――！」

先ほどと角度が変わったせいか、熱く滾《たぎ》る肉棒が予期せぬところを攻め立て、カタリー

ナは何も考えられなくなる。

「カタリーナ――愛してる……子供の頃からずっと」

熱い吐息とともに愛を告げると、ジェラールは根元まで引き抜いた屹立を、最奥まで一気に激しく打ち付けた。

「ぁあんっ、んぁ――！　私も、好き。ジェラール――っ！」

「……煽らないで――っ！」

カタリーナが喘《あえ》ぎながら愛を告げた途端、ジェラールの肉棒は質量を増し、カタリーナを内側からさらに押し拡げる。

「ぁぁあぁあっ！」

カタリーナの身体は意識を離れ、どんどん快楽の波に攫《さら》われていく。

びくびくと愛襞が収縮を繰り返し、奥深くまでねじ込まれたジェラールをきつく締め付ける。

「――ぁあぁあんんっ！」

やがて、奥の方で彷徨《さまよ》っていた何かが一気に身体の中を駆け上がり、ジェラールの精が蜜壺の奥深くに注がれたとほぼ同時に、カタリーナはてっぺんまで上り詰めた。

「夢みたいだ――」

腕枕ですやすやと眠るカタリーナを見つめなら、ジェラールはかすれた声で呟く。

あどけない寝顔に何度も口づけを落とし、やがてジェラールもうとうととまどろみながら幸せな眠りについた。

エピローグ

高くそびえる、石造りのアーチ型の天井。その天窓にはめ込まれた色とりどりのステンドグラスから、繊細な光が差し込む。

歴史の重みを感じさせる造り石の大聖堂では、婚礼の式が厳《おごそ》かに執り行われていた。

三千本もの銀のパイプが奏でるパイプオルガンは、荘厳な音色で新郎新婦を祝福する。

純白のウェディングドレスには、細かく砕いた白珊瑚や貝殻がふんだんに縫い付けられており、銀の絹糸で豪奢《ごうしゃ》な刺繍が施されている。何段にも重なるフリルの裾はびっしりと真珠で縁取られ、胸元を留めるボタンにはダイヤモンドが使われていた。

目が眩《くら》みそうなほどの美しいドレスも、華やかな花嫁の前では引き立て役でしかない。

「ミランダ、綺麗――」

今日は何度、この言葉を口にしたことだろう。

大好きな親友の晴れ姿に感動して、カタリーナは涙が止まらなかった。

戦場で目覚ましい活躍ぶりで次々と手柄を立てたらしいフレデリックは、ぶじ王都に戻ると、望みうる中で最高の称号を得て、見事ミランダの両親から結婚の許可も勝ちとった。この許可こそが、彼にとっては最高の褒賞だったに違いない。

話がまとまれば、展開は早い。

瞬《また》く間に日取りが決まり、今日、フレデリック・レミントンとミランダ・ラザーフォードは、婚礼式をつつがなく終えた。

先刻まで拍手と感動の涙で包まれていた大聖堂も、誰もいなくなった今は、針を落とした音さえも響きそうなほど静まり返っている。カタリーナはヒールの音を静かに響かせながら、聖堂に並ぶ長椅子の合間を縫うように歩く。

（ここにあったのね）

思った通り、真っ白なハンカチーフは重厚なオーク材の長椅子に落ちていた。

まだ涙で湿っているハンカチーフを見ると、婚礼の様子が思い出され、カタリーナの目頭が熱くなる。

重厚なパイプオルガンが奏でる荘厳な賛美歌の音色に乗って、艶やかな婚礼衣装に身を包んだミランダがゆっくりとヴァージンロードを歩いてきたこと。

それを迎えるフレデリックは、いつになく緊張しており、姉の目から見ても凛々しく真剣な眼差しをしていた。

二人が誓う愛の言葉に胸が昂《たか》ぶり、そして、交わされた誓いのキス――。

すべてが美しく、すべてが完璧な、感動的な式だった。

また胸が熱くなり、カタリーナはハンカチーフを目に押し当てる。

すると、重く軋《きし》んだ音をたてながら、背後の扉がゆっくりと開いた。

「ああ、ここにいたのですね」

カタリーナの姿を認めると、ほっと安堵の表情を浮かべ、彼は長い脚で颯爽と通路を渡り、カタリーナの前までやって来る。

「ジェラール……」

「それは思い出し笑いならぬ、思い出し泣きですか」

ジェラールは柔らかく微笑むと、カタリーナの目尻に滲んでいた涙を指で拭《ぬぐ》った。

「ええ。ミランダ、とても幸せそうだったのだもの」

「それに、フレデリックもね」

「ええ、そうね」

二人の幸せそうな笑顔を思い出すと、また感動がこみ上げる。

「結婚式って、いいものね」

結婚式に参列するのはこれが最初ではないが、これほど感動したのは初めてだ。

「自分の式なら、さらに感動するのでは？」

「そうかもしれないわね」

カタリーナが答えると、ふいにジェラールは瞳を閉じて大きく息を吸った。

さらに二度、三度と深呼吸をすると、ジェラールは居住まいを正し、鋭い眼差しでカタリーナを見つめる。

「カタリーナ」

石造りの広い聖堂に、ジェラールの低められた声が心地よく反響した。

「はい」

ジェラールの真剣な様子に、カタリーナも背筋を伸ばしてかしこまり、返事をする。

するとジェラールは、さらなる緊張を瞳に宿して、ふっと膝を折り、カタリーナの足元に跪《ひざまず》いた。

「ジェ、ジェラール……？」

カタリーナが戸惑いの声をあげる。

以前の、石畳に嵌《は》まったヒールを抜くために跪かれるのとは、訳が違う。

この流れで跪かれることの意味に、カタリーナは息が詰まりそうなほど胸が高鳴った。

「カタリーナ。愛しています。僕と、結婚してください」

ストレートな言葉が、カタリーナの心臓を深く貫く。

「――はい」

たった一言、そう返すのが精一杯だった。

返事とともに、涙も一粒、頬を伝う。

ジェラールは胸ポケットから銀色に輝く指輪を取り出すと、カタリーナの手をとり、細く滑らかな指にそれをはめた。

ひんやりと温かな指輪が薬指にはめられ、その感触にようやく実感が湧くと、カタリーナはそっと息を継いだ。

「ジェラール、私も。愛しています」

緊張した面持ちで自分を見つめるジェラールに、勇気を出してそう告げると、ジェラールは立ち上がり、ふわりとカタリーナを抱きしめた。

「よかった――。また断られたら、二度と立ち直れないところでした」

ジェラールがほっと息をつくが、

「『また』――?」

どういうことかとカタリーナは首を捻《ひね》る。

「前回は、清々しいほどあっさり断られましたからね」

ジェラールが小さく笑うが、カタリーナは顔を強張らせた。

前回は、って――。

前は、誰に断られたの……？

カタリーナの顔から血の気が引き唇を震わせていると、何がおかしいのか、ジェラールは肩を揺らして笑う。

「勇気を出して結婚を申し込んだというのに、まあまあなんじゃない、なんて採点されるとはね」

「……？」

なんの話をされているのかわからず、カタリーナは首を傾げる。

「本番ではそんな怖い顔をしないで、もっと優しく微笑みながら言うといいと思う、と言われました。怖い顔なんてしているつもりなかったから、ショックだったなぁ」

「え、待って、それって……」

どことなく聞き覚えのあるやりとりに、カタリーナは困惑してしまう。

「そうそう、その時に確か、本当に好きな人が相手なら自然と優しい表情になれるはずだ、とも言われた覚えがあるのですが。先ほどの僕は、自然に笑えていましたか？」

いたずらめかして問われ、カタリーナはようやく思い出した。

「それとも、まさか覚えてない――？」

覚えている。

というより、思い出した。

「でも、だって、あれは練習って……」

「僕は本番のつもりでしたがね」

「そ、そんな――」

「前にも言ったはずですが。僕は一度だって、あなたを練習と思ったことはない、と」

口をパクパクさせているカタリーナを抱きしめたまま、ジェラールは顔を近づける。

「ん……」

やがて唇が合わさり、

「あっ、ダメよ、こんなところで」

聖なる場所で破廉恥な行為をしてはバチが当たるのではないかとカタリーナは身を竦《すく》めた。

(それともこれは、婚礼の誓いのキスの練習――?)

気が早すぎるそんな思いがふとよぎり、カタリーナが顔を赤らめていると、

「だから余計なことは考えないで」

薔薇窓から差し込む光が穏やかに降り注ぐ中、雑念を取り払うように、ジェラールは口づけを深めた。

愛し合う本物の恋人同士がかわす、熱く、深い、本物の口づけを。

あとがき

こんにちは。蜜乃雫です。

以前、ハーブ好きの友人が大量のドライローズヒップをくれたのですが、使い途がよくわからなかったので、とりあえず砂糖とレモン汁とたっぷりの愛情を鍋に投入してコトコト煮つめたら、とってもおいしいローズヒップジャムができあがりました。

それがとても嬉しかったので、調子に乗った私はついでにクッキーも量産し、友人たちを招いてお茶会を開きました。

おいしい紅茶とお茶菓子。

そして何より、気のおけない友人たちとの楽しいおしゃべり――。

いくつになっても、いいものですね。

友人たちとのおしゃべりに花を咲かせていたら、ふと、着飾った令嬢たちが女子会をしているシーンが思い浮かび、そこからこの話が生まれました。

そんな幸せなきっかけから生まれた物語だからなのでしょうか。始めから最後まで、とても楽しく、心地よく、萌えながら書き上げることができました。

……と言いながらも、やはり、今回も各所皆様に多大なご迷惑をおかけしてしまったのですが（汗）

特に編集のY様。いつもいつも申し訳ありません！　こんな私を見捨てずにおつきあいいただき、ありがとうございます。

敷城こなつ様。いただいたジェラールがあまりにキラキラで麗しくて、思わず叫んでしまいました。繊細な花や可憐なヒロイン――イメージを凌駕する美しさにうっとりです。素敵なイラストをありがとうございました。

そして何より、この本をお読みくださった皆様に、心から感謝の気持ちでいっぱいです。少しでもときめき、楽しんでいただけたなら、これ以上の喜びはありません。

いつかまた、どこかでお目にかかれますように――。

蜜乃　雫

腹黒貴公子の甘い策略

Vanilla文庫

2017年11月20日　第1刷発行　定価はカバーに表示してあります

著　者　蜜乃 雫

装　画　敷城こなつ
編集協力　J's Publishing
発 行 人　フランク・フォーリー
発 行 所　株式会社ハーパーコリンズ・ジャパン
東京都千代田区外神田3-16-8
電話 03-5295-8091　（営業）
0570-008091　（読者サービス係）
印刷・製本　大日本印刷株式会社
Printed in Japan ©K.K. HarperCollins Japan 2017 ISBN978-4-596-58207-2

原稿大募集

ヴァニラ文庫では乙女のための官能ロマンス小説を募集しております。
優秀な作品は当社より文庫として刊行いたします。
また、将来性のある方には編集者が担当につき、個別に指導いたします。

◆募集作品

男女の性描写のあるオリジナルロマンス小説（二次創作は不可）。
商業未発表であれば、同人誌・Web 上で発表済みの作品でも応募可能です。

◆応募資格

年齢性別プロアマ問いません。

◆応募要項

・パソコンもしくはワープロ機器を使用した原稿に限ります。
・原稿は A4 判の用紙を横にして、縦書きで 40 字 ×34 行で 110 枚 ~130 枚。
・用紙の 1 枚目に以下の項目を記入してください。
①作品名（ふりがな）/②作家名（ふりがな）/③本名（ふりがな）/
④年齢職業 /⑤連絡先（郵便番号・住所・電話番号）/⑥メールアドレス /
⑦略歴（他紙応募歴等）/⑧サイト URL（なければ省略）
・用紙の 2 枚目に 800 字程度のあらすじを付けてください。
・プリントアウトした作品原稿には必ず通し番号を入れ、右上をクリップなどで綴じてください。

注意事項
・お送りいただいた原稿は返却いたしません。あらかじめご了承ください。
・応募方法は必ず印刷されたものをお送りください。CD-R などのデータのみの応募はお断りいたします。
・採用された方のみ担当者よりご連絡いたします。選考経過・審査結果についてのお問い合わせには応じられませんのでご了承ください。

◆応募先

〒101-0021　東京都千代田区外神田 3-16-8　秋葉原三和東洋ビル
株式会社ハーパーコリンズ・ジャパン　「ヴァニラ文庫作品募集」係